KB133551

미역돌

미역돌

초판 1쇄 인쇄일 2022년 10월 26일
초판 1쇄 발행일 2022년 11월 04일

지은이 박은주
발행처 (재)당진문화재단
주 소 충남 당진시 무수동2길 25-21
전 화 041.350.2932
팩 스 041.354.6605
홈페이지 www.dangjinart.kr

펴낸이 양옥매
디자인 김재현 박예은
교 정 조준경

펴낸곳 도서출판 책과나무
출판등록 제2012-000376
주소 서울특별시 마포구 방울내로 79 이노빌딩 302호
대표전화 02.372.1537 팩스 02.372.1538
이메일 booknamu2007@naver.com
홈페이지 www.booknamu.com
ISBN 979-11-6752-199-6 (03810)

2022 당진 올해의 문학인 선정작품집

미역돌

박은주 수필집

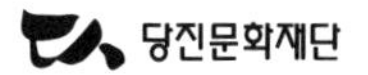

당진문화재단

작가의 말

처음 글을 쓸 때가 생각난다. 끼니를 잊어가며 손이 저리도록 글과 씨름했다. 기억의 우물에서 추억을 떠 문장을 안치면 밥이 되듯 글 한 편이 만들어지곤 했다. 어느 땐 아무도 먹을 수 없는 밥이 되어버려서 마음을 태우기도 했다. 그래도 좋았다. 물거품처럼 일어났다 사라지는 이야기를 수필이라는 그릇에 담는 것이 즐겁고 행복했다.

어릴 적부터 나는 이야기하는 것을 좋아했다. 친구들에게 재미있는 이야기를 들려주려고 책을 읽고 텔레비전을 봤다. 그러고는 모래밭에 나가 집을 지으면서 내 마음대로 이야기를 만들었다. 텔레비전에서 본 부잣집 흉내를 내듯 침대와 거실을 모래로 만들면서 그곳에 사는 사람들을 상상하곤 했다. 이야기가 다 만들어지고 나면 파도 소리가 들려왔다. 잘했다고 응원하듯 옆에서 하얗게 철썩거렸다. 그 소리에 고개를 들면 파도는 갯바위에서 환호하듯 물보라를 일으켰다.

바다가 고향인 나는 그런 파도 소리를 먹고 자랐다. 내 이야기에는 그런 바다가 있고 그 바닷가에서 삶을 이어가는 사람들이 있다. 그리고 내 성장기가 있다. 한 인간이 자라는 데 환경이 중요하다는 것을 수필을 쓰면서 다시 깨닫게 되었다. 자연은 물론 사람도 영향을 주는 환경이라는 것을 알게 되었다. 수필을 쓰면 좋은 점은 내가 어떤 환경에서 자랐는지 알 수 있다는 것이다. 성인이 된 지금의 관점에서 다시 보고 생각할 수 있다. 수필을 쓰는 것 그 자체가 나에게 영향을 주는 또 하나의 환경이 된다.

'시절인연'이라는 말을 좋아한다. 모든 인연은 만나고 헤어지는 때가 있다는 불교 용어이다. 내게 첫 수필집이 시절인연처럼 왔다. 서랍 속에 잠자고 있던 글들을 수필집으로 묶을 수 있게 해준 당진문화재단에 감사하다. 곁에서 늘 응원해주는 가족에게 고마움을 전한다. 특히 내 글의 첫 독자가 되어준 남편에게 감사하다. 시절인연이 되어 내 글을 만나게 될 독자들에게 감사의 인사를 미리 보낸다.

2022년 가을 길목에서 박은주

차례

3부

날개 위에 햇살이 쏟아지듯

4부

마음에 들어온 것들

1부

달콤하고
씁쓸한 것들

나이를 먹을수록 단맛의 추억보다

쓴맛 같은 그리움 때문에 자주 눈이 맵다.

바다에 대못처럼 박혀 있는 갯바위를 바라본다.

갯바위에 부서지는 파도 소리가 그리운 길 하나를 낸다.

그리움이 내 안에서 소용돌이친다.

대못

어릴 적, 우리 집은 태풍이 지나가는 길목에 있었다. 한 해도 쉬지 않고 태풍은 자릿세 뜯으러 오는 건달처럼 들이닥쳤다. 행패를 부리듯 바람은 집 앞에 이리 떼 같은 파도를 풀어놓았다. 허연 이빨을 드러낸 파도는 바위를 덮치고 모래밭을 할퀴었다.

세상을 뒤집을 듯 거센 바람이 지나가면 나는 바닷가로 뛰쳐나갔다. 태풍 끝의 모래밭에는 목선의 잔해들이 밀려와 있었다. 파도가 물어다 놓은 전리품이었다. 널브러진 나무토막에는 큼직한 대못들이 박혀 있었다. 그 낡은 못이 내겐 보물이었다.

대못은 나무토막뿐만 아니라 모래 속에 묻혀 있기도 했다. 갯벌에서 조개를 캐듯 모래를 파면 보물을 찾을 수 있었다. 다른 아이들이 주워 가기 전에 한 개라도 더 가지려면 남들보다 먼저 움직여야 했다. 지난밤, 태풍이 요란했을수록 대못은 눈에 잘 띄었다.

젖은 모래 속 묻혀 있던 대못은 비린내를 풍기며 세상으로 나왔다. 둥근 머리에 길쭉한 삼각형이면서 일반 못과는 달리 묵직했다. 하나씩 개수가 늘어날 때마다 쇳덩어리 부딪치는 소리가 귀를 달곰하게 했다. 손에 든 쇠가 무거울수록 마음은 가벼웠다. 날아갈 것 같은 마음을 대못에 묶어 둔 채 모래밭을 헤집고 다녔다. 대못을 모아 고철 가게에 가면 꽤 많은 돈이 손에 들어왔다.

팔다리가 아플 때쯤, 우리 집은 멀찍이 밀려나 있었다. 장난감처럼 작아 보일 정도로 나는 멀리 가 있었다. 우리 동네의 끝이자 옆 동네의 시작인 경계선에 서게 되면 더는 헤집을 곳이 없었다. 남의 동네까지 가서 주울 만큼 간이 크지는 못했다. 모래 묻은 검은빛 쇠붙이를 챙겨 든 나는 팔랑거리며 집으로 돌아왔다. 주운 것을 맑은 물에 헹구어 햇볕에 말렸다. 돌담에 기대어 햇살 받는 대못을 양손에 들고 무게를 가늠해 보았다. 무거울수록 손에 들어오는 돈이 컸다. 돌덩어리처럼 묵직한 무게감이 맛있는 과자를 먹을 수 있다는 희망을 심어 주었다. 희망이 꿈틀거리자 가슴은 팔딱거리며 뛰었고 입안에는 침이 고였다. 행여 누가 집어 갈세라 개수를 헤아려 가며 엿장수가 오길 기다렸다.

파도에 밀려온 녹슨 대못은 배를 지탱하던 버팀쇠였다. 대못은 짠 바닷물과 거친 바람에 녹이 피어도 날을 세운 채 나무에 꼿꼿하게 박혀 있었다. 그런 버팀쇠가 있어 배는 넓은 바다를 마음껏 누비고 다녔다. 어둡고 좁은 곳에 박힌 대못은 배의 안녕을 위해 묵묵히 제자리를 지켰다.

요즘은 바닷가에 가 봐도 그런 쇠붙이는 눈에 잘 띄지 않는다. 다행한 일이다. 대못이 보인다는 것은, 언제 어디선가 배가 가라앉았다는 것이다. 배가 침몰했다는 것은 그 배에 있던 누군가의 삶도 부서졌다는 뜻이다.

대못은 바다가 토해 낸 아픔이었다. 내 친구 중에는 아버지의 얼굴을 기억하지 못하는 아이가 있었다. 그 아이는 바닷가에서 대못을 줍지 않았다. 내가 쇠붙이를 보고 좋아할 때, 친구는 말없이 땅만 내려다봤다. 친구의 아버지는 뱃사람이었다. 친구가 갓난아기였을 때 바다로 간 아버지는 다시 집으로 돌아오지 못했다. 파도가 시신이라도 뭍으로 돌려보내 주었다면 술 한 잔 뿌릴 무덤이라도 있을 텐데, 친구에게는 찾아가 울 곳조차 없었다.

생각해 보면 내 아버지도 녹슨 대못 같은 사람이었다. 일찍이 부모를 잃고 중학생 때 결혼을 한 아버지는 바닷바람에 녹슬어 가듯 늘 힘겨운 삶에 삐걱댔다. 삐걱거릴수록 세상과의 틈은 더 벌어져 안간힘을 쓰며 그 자리를 지켰다. 하고 싶은 공부를 접고 어린 나이에 가장 노릇을 한다는 게 생각보다 만만치가 않았다.

자식이 태어날 때마다 아버지의 어깨에는 굳은살이 박였다. 논을 한 평이라도 더 늘리기 위해 아버지는 미나리가 자라는 밭을 파기 시작했다. 한여름에도 지게를 메고 대문 밖을 나갔다. 여름 햇살은 삽과 곡괭이를 녹일 만큼 뜨거웠다. 이른 아침에 나간 아버지는 소나기라도 맞은 사람처럼 옷이 다 젖은 채 돌아왔다. 벗어 놓은 옷에서는 쉰내가 났고 등에는 땀띠가 벌겋게 났다.

아버지는 한 푼이라도 더 벌기 위해 농사일이 없는 겨울에는 오징어를 받아 와 손질해서 말리는 일을 했다. 가만히 있어도 추운 겨울에 언 오징어의 배를 따고 씻는 것을 찬물로 하다 보니 뼛속까지 추위가 들어와 손발을 얼게 했다. 겨울 한 철만 하는 돈벌이라, 동상에 걸려도 쉬지 않고 얼음물에 손발을 담갔다. 허리 펼 새 없이 아버지는 바람만 겨우 피할 수 있는 허름한 천막 안에서 촛불에 몸을 녹이며 밤새 덕장을 지켰다.

한 해 두 해 지나면서 아버지는 기침을 달고 살았다. 약값이 무서워 병원에 가지 않고 하루하루를 버텼다. 감기로만 생각했지, 암이라고는 꿈에도 몰랐다. 골골거리던 아버지는 꽃 피는 봄을 보지 못하고 겨울 찬바람 속에서 눈을 감았다. 몸이 망가지는 줄도 모르고 육 남매를 위해 일만 하다 떠난 아버지의 삶을 생각하면 못이 박히듯 아프다.

대못을 떠올리면 입은 달콤하지만, 마음은 씁쓸하다. 나이를 먹을수록 단맛의 추억보다 쓴맛 같은 그리움 때문에 자주 눈이 맵다. 중년이 되어 보니 태풍에 부딪히며 살다 떠난 아버지가 애처로워 더 그립다.

지금도 나는 바닷가 마을에 살고 있다. 태풍은 올해도 잊지 않고 찾아왔다. 결실을 기다리던 농부의 가슴에 대못을 박고는 떠났다. 나는 바람이 잠잠해지면 바닷가에 나간다. 바다에 대못처럼 박혀 있는 갯바위를 바라본다. 묵묵히 그 자리를 지키고 있는 바위가 아버지를 닮은 것 같다. 갯바위에 부서지는 파도 소리가 그리운 길 하나를 낸다. 그리움이 내 안에서 소용돌이친다.

정미소 풍경

낡은 정미소 앞에 발을 멈춘다. 지붕이며 벽이며 군데군데 벗겨진 페인트는 오래된 상장처럼 퇴색되었다. 찬바람에 말라 가는 낙엽처럼 방앗간 어디에서도 생기는 찾아볼 수 없다. 입을 굳게 다문 채 녹을 덮어쓴 자물쇠를 보니 문을 닫은 지도 꽤 오래된 것 같다.

사람도 생쥐도 없는 정미소에 여기저기 뚫린 창으로 바람이 제 집처럼 들락거린다. 안이 궁금해 창 너머로 눈을 디민다. 인기척에 놀란 어둠이 한 발짝 물러나자 숨어 있던 것들이 조금씩 드러난다. 기억 속에 묻혀 있던 그 방앗간처럼 낯익은 모습이다.

내가 여섯 살 때, 큰언니는 정미소집의 맏며느리가 되었다. 학교에 들어가기 전이었던 나는 혼수품처럼 언니를 따라갔다. 농사일로 바쁜 어머니를 대신해서 언니가 나를 보살폈다. 사돈어른을 할아버지라 불렀고, 사형들을 언니, 오빠라고 불렀다. 사돈네 식구들은 나를 귀하게 대했다. 지금 생각해 보면 나이는 어려도 사돈처녀라 함부로 할 수가 없어서 그런 대우를 해 준 것 같다.

아침마다 방앗간의 기계 소리와 그 소리를 뚫고 나오는 할아버지의 고함치는 소리가 내 눈을 뜨게 했다. 일어나자마자 눈을 비비며 가는 곳은 방앗간이었다. 나무와 양철을 이어 붙인 건물 사이로 틈이 나 있었다. 아이를 깨우는 엄마처럼 아침 햇살이 그 사이로 손을 뻗치고 들어와 방앗간 안의 어둠을 깨웠다. 나는 귀를 막고는 거대한 괴물 사이를 조심조심 지나다녔다.

천장은 어른이 사다리를 타고 올라가도 손이 닿지 않을 것처럼 아득했다. 그 높은 천장과 밑에 있는 기계를 연결해 주는 것은 길고 검은 벨트였다. 기계 소리에 맞춰 벨트가 돌아갔다. 거대한 고무벨트 여러 개가 동시에 돌아가면서 내는 소리는 요란했다. 귀를 막으면 소리가 먼바다에서 들려오는 통통배 소리처럼 멀어졌다. 나를 삼킬 것 같은 요란한 소리가 작아지는 게 신기해서 나는 기계 옆에서 귀를 덮은 손에 힘을 줬다가 떼는 놀이를 즐겼다.

소리를 즐기는 것은 나 말고도 또 있었다. 빛 속에서 춤을 추는 먼지였다. 돌아가는 벨트에서 튕겨 나온 먼지와 할아버지의 손에서, 옷에서 떨어져 나온 곡식 가루는 햇살을 받은 채 맴을 돌며 방앗간을 날아다녔다. 빛을 보고 달려드는 먼지는 하루살이 떼처럼 끊임없이 햇살 속에서 바글거렸다. 할아버지가 움직일 때마다 먼지는 일어났다. 마치 할아버지와 먼지가 한 몸짓으로 살아 움직이는 것 같았다.

기계를 만지는 할아버지의 표정은 전쟁터에 나온 군인 같았다. 화를 내는 듯한 표정으로 항상 큰 소리로 고함을 치는 할아버지가 무서웠다. 기계 소리가 요란한 방앗간에서는 큰 소리로 말할 수밖에 없다는 것을 나중에야 알았다. 하다못해 날아들어 온 참새도 크게 울었다. 그곳에서 말을 하지 않는 이는 나뿐이었다. 할아버지는 내가 돌아다니는 것이 귀찮을 텐데도 아무런 내색을 하지 않았다.

한참 방앗간에서 놀고 있으면 큰언니가 밥 먹으라고 불렀다. 안주인 없는 집의 맏며느리인 언니는 학교 다니는 시동생들까지 챙겨야 했다. 할아버지가 쉬지 않고 일하는 바람에 언니도 숨 쉴 틈조차 없이 움직여야 했다. 거기에다 넓고 긴 마당에는 방앗간 외에도 연탄 파는 창고와 돼지우리까지 있었다. 큰언니는 맏딸에서 맏며느리로 자리만 바뀌었을 뿐, 일에서 헤어나지 못했다. 어쩌면 할아버지한테는 집에서 일을 도와줄 며느리가 생긴 게 더 좋았는지도 모른다.

내 눈에는 언니가 힘들겠다는 생각보다는 부자처럼 보였다. 매일같이 사람들이 찾아오는 방앗간이 있으니 부자가 아닌가. 쌀가루를 빻는 기계 옆에는 돈을 넣는 통이 있었다. 언제나 그 통에는 지폐가 가득했다. 할아버지는 현금을 불러들이는 방앗간에 정성을 쏟았다. 기계가 쉴 때마다 기름칠하고 닦았다. 할아버지 손은 기계가 돌아가면 가루가 묻어 하얗게 되었다가는 멈추면 까맣게 되었다. 방앗간도 주인을 닮아서 열심히 돌아갔다.

할아버지가 아끼던 방앗간도 시대의 변화 앞에서 살아남지를 못했다. 가정용 도정 기계가 나오면서 사람들의 발길이 뜸해졌다. 떡보다는 빵을 즐기는 세태에 쌀가루를 빻으러 오는 사람도 줄었다. 부지런히 돌아갈 때는 윤이 나던 기계들이, 쉬는 시간이 길어질수록 탈이 나면서 돈 들 일이 자꾸 생겼다.

할아버지는 고민 끝에 문을 닫았다. 방앗간 다음으로 연탄창고, 돼지우리도 문을 닫았다. 아침이면 시끌벅적하던 마당이 조용해져 갔다. 일이 줄면 편해질 줄 알았던 할아버지의 얼굴은 낡은 기계처럼 더 늙어 버렸다.

어린 내가 할아버지라고 불렀던 사돈어른은 얼마 전, 세상을 떠났다. 그날은 온종일 비가 내렸다. 할아버지의 손때가 묻은 정미소가 눈물 흘리듯 양철 지붕골마다 굵은 빗방울을 떨어뜨리고 있었다. 어쩌면 인생이란 것이 마라톤처럼 앞으로 달려갔다가 반환점을 지난 후에는 방향을 돌려 다시 돌아오는 것인지도 모른다.

살다 보면 다른 이의 인생에서 지난날의 내 모습을 만날 때가 있다. 타인의 삶을 통해 살아오면서 내가 놓쳐 버린 것이 무엇인지 깨닫기도 한다. 아이를 잘 키우는 요즘 엄마들의 모습을 보면서 부족했던 나를 보게 된다.

세상에 존재하는 것은 존재하기 전으로 돌아가기 마련이다. 사람만 돌아가는 것이 아니라 물건도 그러하다. 머지않아 할아버지의 방앗간도 주인처럼 생기기 전으로 돌아갈 것이다. 내 앞에 있는 방앗간도 주인이 떠난 자리에 바람이 들어와 부지런히 먼지를 일으키고 있다. 안을 엿보고 있는 내게 비켜 달라는 듯이 바람이 옷자락을 흔든다. 어둠에 갇혀 있는 낡은 방앗간은 점점 몸피를 줄이며 말라 가고 있다.

땅집할매

이쯤일까, 골목을 기웃거려 본다. 땅집할매가 살던 집이 사라지고 없다. 집터에는 채소가 자라고 반쯤 허물어진 돌담이 바람에 늙어 가고 있다.

바닷가의 큰길에서 골목으로 들어가면 구멍이 숭숭한 돌담이 마을을 버겁게 안고 있었다. 골목 어귀에서 다시 길이 갈라져 두 갈래가 되었다. 할매 집은 갈라진 골목 사이에 섬처럼 떠 있었다. 나뭇가지로 엉성하게 묶어 놓은 대문을 밀면 댓돌이 바로 코앞이었다. 집은 허리 굽은 할매를 닮아 구부정한 게 다른 집에 비해 지붕이 내려앉은 모습이었다.

땅집할매는 무서웠다. 옆으로 찢어진 작은 눈과 앞니가 빠져 입술이 보이지 않는 입이 유독 눈에 띄었다. 그런 생김새에 맞게 눈매는 날카로웠고 입에서는 찬바람이 일었다. 입에서 나오는 말은 대부분이 욕이었다. 욕은 할매의 왜소한 몸피를 부풀게 해 주었다. 힘을 다해 앙칼지게 쏘아붙이는 욕은 듣는 사람을 움츠리게 했다.

할매는 아들과 함께 살았다. 아들은 한쪽 팔다리가 뒤틀려 휘청거리며 동네를 돌아다녔다. 언제나 술에 취해 알아들을 수 없는 말을 쉬지 않고 떠들면서 위태롭게 걸었다. 그러다 동네 사람을 만나면 꼬부라진 혀로 알은체하며 달려들었다. 그의 마음과는 달리 넘어질 것 같은 걸음걸이 때문에 사람들은 몸을 움찔하며 뒤로 물러서면서 인사를 받았다.

할매는 비틀거리면서 주정 부리는 아들이 마음에 들지 않아 욕을 했고 기분 상한 아들은 아들대로 화를 냈다. 두 모자가 싸우는 소리는 허술한 담장을 넘어 골목을 꽉 채웠다.

아이들은 땅집할매의 아들을 보면 짓궂게 놀렸다. 빨리 달리지 못한다는 것을 알고 시비를 걸면서 약을 올렸다. 그는 얼굴을 붉히며 정색해서 아이들을 막았다. 어눌하게 대꾸하면서 비틀거리는 그를 보고 사내아이들은 낄낄거리며 주변을 맴돌았다. 그런 동네 아이들이 그에게는 성가신 초파리 같았을 텐데, 아이들만 보면 좋다고 히죽거리며 말을 걸었다.

그런 그와는 달리 할매는 아이들을 싫어했다. 다 큰 아들이 꼬맹이들한테 놀림받을 때마다 나타나서 욕을 하며 지팡이를 휘둘렀다. 할매는 아이의 얼굴을 기억해 두었다가 집까지 찾아가서 욕을 해 댔다. 한번 찍힌 아이는 귀에 딱지가 생길 정도로 욕을 들어야만 했다. 며칠 동안 할매는 동네 여기저기를 다니면서 여름 장맛비처럼 욕을 퍼부었다.

언젠가 할매가 우리 집에 온 적이 있었다. 아들 때문에 속이 상해서 어머니한테라도 넋두리하고 싶어 온 눈치였다. 할매는 앉자마자 술을 찾으며 한 잔만 마시고 싶어 했다. 잔을 놓자마자 욕을 쏟아 냈다. 어머니 곁에서 욕을 듣던 나는 동굴처럼 허한 할매의 가슴을 보았다. 자식을 키워 보니 할매의 마음이 조금은 이해가 된다. 힘겹게 살아야 하는 세상을 향해 할매는 서럽게 욕을 했다는 것을….

땅집할매네는 구멍가게를 했다. 간판을 달고 장사하는 것이 아니라 할매가 읍내에 가서 물건을 떼 와서 팔았다. 값이 비싸도 마을에 가게가 없다 보니 그럭저럭 장사가 되었다. 나는 가게에 갈 때마다 잔뜩 긴장했다. 마당에 풀 한 포기 없는 그 집은 흑백사진처럼 어두웠다. 그보다 할매 몰래 술을 마시는지 취해 있을 때가 잦은 아들과 마주칠까 봐 더 겁났다.

동네에 모양새를 갖춘 상점이 생기는 바람에 할매네는 손님이 줄었다. 어쩌다 찾아가면 유통기한이 지난 것을 팔 때가 있었다. 한번은 라면을 사서 끓인 적이 있었는데, 다 끓여서 먹으려고 하니 국물에 벌레가 떴다. 놀란 나는 라면을 버리고 돈이 아까워서 울었다.

할매한테 가서 물건에 이상이 있다고 하면 욕을 하며 싸우려고 하기에 갈 엄두를 내지 못했다. 라면이 비싸고 귀했기에 버리고 나니 정말 속상했다. 그 일이 있고 나서 땅집할매네 구멍가게에는 발길을 끊었다.

내 기억 속의 할매는 억척스러웠다. 동네를 돌아다니면서 돈이 될 만한 것은 모두 주워서 팔았다. 할매 허리가 굽은 것이 땅만 보고 다녀서 그렇게 된 것만 같았다. 한번 주머니에 들어간 돈은 다시 나오지 않았다. 할매가 욕쟁이가 되어 억척스럽게 산 것은 아들 때문일 것이다. 가시가 있는 탱자나무로 집의 울타리를 하듯 할매는 욕이라는 울타리를 쳐서 아들과 자신을 보호했다.

아흔한 살에 할매는 먼 곳으로 떠났다. 아들을 두고 눈을 감기가 쉽지 않았을 것이다. 아들보다 하루 더 사는 것을 염원했기에 그리 오래 살았는지도 모른다.

장례식을 마치고 돌아온 어머니는 한숨을 쉬며 어렵게 말을 꺼냈다. 친척들이 염하기 전에 아들의 발바닥과 죽은 할매의 발바닥을 붙였다고 했다. 죽은 사람과 발바닥을 붙이면 저승길 길동무가 된다는 미신 때문이란다. 땅집할매가 아들을 데려가길 바라는 마음에 친척들이 아들 눈치를 보며 발바닥을 붙였는데, 아무것도 모르는지 멍하니 있어서 마음이 더 아팠다고 했다.

어머니를 잃은 아들은 요양원에서 지낸다. 그곳에 간 지도 벌써 육 년째다. 친척들의 생각과는 달리 땅집할매가 아들을 데려가지 않는다. 어쩌면 좋은 사람 만나 하루라도 행복하게 살다 오길 바라는 마음에 데려가지 않는지도 모른다.

세월은 무상하게 모든 것을 허물어 놓았다. 보이지 않는 시간이 보이는 것을 허물어트리는 것은 쉬운가 보다. 주인이 빠져나간 껍데기가 무슨 힘이 있어 그 자리를 지킬 수 있겠는가. 그들이 이곳에 살았다고 내려앉은 돌담이 쓸쓸하게 말해 주고 있다. 빈집이라도 보고 싶었는데 아쉽다.

낡은 돌담에 앉아 있던 바람이 몸을 일으켜 천천히 골목을 빠져나간다. 그 뒤를 허리 굽은 땅집할매가 부지런히 따라가는 듯하다. 할매의 낡은 지팡이 소리가 들릴 것 같은 골목에서 나는 걸어 나온다.

미역돌

동풍에 훈기가 실려 오면 어머니는 바빠지기 시작했다. 겨우내 바닷물을 먹고 자란 돌미역을 거두어들일 때가 된 것이다. 일기예보를 챙겨 보고도 미덥지 않아 마당에 나가 하늘을 보며 바람을 살핀다. 미역을 따는 날은 물론이고 바싹 마를 때까지 며칠간 햇살과 바람이 뽀송뽀송해야 하기 때문이다.

새벽녘에 전화를 주신 것으로 보아 이번에도 날을 잡은 모양이었다. 언니와 나는 차를 타고 친정으로 허겁지겁 달려갔다. 먼저 온 오빠와 올케는 벌써 부지런히 손을 보태고 있었다. 방금 따 온 미역을 말리고 있는 어머니는 눈도 돌리지 않은 채, 할 일을 일러주었다. 미역을 뒤적일 때마다 미끌미끌한 바다 냄새가 포말처럼 코끝에서 부서졌다.

어머니에게 미역은 단순한 먹거리가 아니었다. 목숨과도 같은 재산이었다. 할아버지가 돌아가시자마자 친척들이 탐을 낸 것이 미역돌이었다. 그때 아버지는 시내 친척 집에서 학교를 다니고 있었기에 집안 살림에 대해서는 알지 못했다. 친척들은 시집온 지 얼마 되지 않은 어린 새색시가 재산 사정을 알 리가 없다고 생각했다.

수확 철이 되자 친척들은 해녀를 시켜 미역을 몰래 따 갔다. 그것을 본 이웃 사람이 어머니에게 전해 주었다. 놀란 어머니는 하던 일을 내팽개치고 한걸음에 바닷가로 달려갔다. 나룻배에는 금방 따 온 미역이 언덕처럼 쌓여 있었다. 한눈에 봐도 우리 미역이라는 것을 알 수 있었다.

어머니는 배에 뛰어들어 미역 더미를 바다에 던지기 시작했다. 순식간에 벌어진 일이라 말리는 사람도 없었다. 친척들이 욕을 퍼부으면서 덤벼들자, 겁먹으면 진다는 생각에 어머니는 더 거칠게 나갔다. 어디서 그런 힘이 나왔는지 남자도 감당하지 못할 힘이었다. 어머니는 할아버지한테서 들은 재산 내역을 모조리 밝히고는 친척들에게 빌려준 돈까지 내놓으라고 했다. 그날 이후로 미역돌을 넘보는 이는 아무도 없었다.

늙은 시아버지가 어린 며느리를 위해 마련해 놓은 것이 미역돌이었다. 돌아가시기 전에 며느리를 앉혀 놓고 네 것이니 남이 넘보지 않게 잘 지키라는 당부까지 남겼다. 그러기에 지금도 어머니는 육지의 땅보다 물속에 있는 돌에 더 강한 애정을 보인다.

바닷가에 산다고 해서 모든 사람이 돌을 가지고 있는 것은 아니었다. 논보다 더 비싸게 매매되는 미역돌은 돈이 없으면 살 수가 없었다. 그만큼 값어치가 있는 돌이었다.

땅의 추수가 다 끝나고 파도가 잠잠한 날, 어머니는 아버지를 앞세워 나룻배를 타고 미역돌을 매러 바다로 나갔다. 밭의 김매기처럼 돌매기를 해 주어야 미역이 잘 자랐다. 돌을 매지 않으면 미역이 물살에 쉽게 떨어져 나가 수확할 것이 없었다. 미역돌은 물에 잠겨 있지만, 밭처럼 널찍해서 걸어 다니면서 돌을 맬 수가 있었다. 장대 끝에 끌처럼 생긴 쇠붙이를 묶어서 돌에 붙은 해초를 긁어냈다. 그 모습을 멀리서 보면 장대를 든 두 사람의 동상이 물 위에 서 있는 것처럼 보였다.

밭농사와는 달리 미역돌은 손이 많이 가지 않았다. 미역이 달리기 전에 돌을 한 번 매 주고 다 자라면 따 와서 말리면 끝나는 농사였다. 거두어들일 때까지 매일같이 살펴보지 않아도 되는 농사였다. 긴 겨울이 끝나고 봄철이 되면 집집이 돈이라고는 말라 버리고 없었다. 보리도 익지 않아 내다 팔 것도 없을 때 미역이 돈이 되고 쌀이 되었다. 미역돌은 그야말로 효자 중의 효자였다.

다른 돌에 비해 미역도 많이 달렸다. 까맣게 말라 가는 미역이 마당을 가득 채우고도 집 앞 바닷가에 줄을 서서 누웠다. 발에 누워 있는 미역은 한두 차례 뒤집어 주면서 말려야 했다.

물기가 있을 때는 들면 처지기 때문에 혼자서 뒤집을 수가 없었다. 어머니는 뒤집을 때마다 나를 찾았다. 미역은 잠을 자는 것처럼 얌전하게 누워 있었다. 우리는 마주 보며 서서 한 올씩 곱게 뒤집었다. 파도 소리를 들으면서 미역은 하얀 물보라 같은 분꽃을 피우며 마르고 있었다.

어머니의 미역은 도매상인들 사이에 입소문이 났다. 다 마르기도 전에 상인들이 집에 찾아왔다. 먼 곳에서 온 상인은 우리 집에서 하룻밤을 묵어가면서 미역을 달라고 졸랐다. 좋은 미역은 좋은 돌에서 나는 법이다. 우리 미역돌에 서면 파도가 무릎 아래에서 찰랑거렸다. 밭처럼 평평하면서 넓고 옆으로는 계곡처럼 가파르면서 산봉우리 같은 돌들이 무리 지어 있어 미역이 윤기가 나며 부드러웠다. 다 마른 것을 내주면 그 자리에서 돈을 받기 때문에 팔고 나면 목돈을 만질 수 있었다.

땅보다 더 수확이 좋은 미역돌은 어머니에게 숨겨 놓은 돈주머니였다. 어린 나이에 시집을 와서 세상인심 야박해도 견딜 수 있었던 것은 알차고 실한 미역돌이 있었기 때문이다. 미역을 판 날은 밥상의 반찬이 달랐다. 고기반찬에 쇠고기를 넣어 끓인 미역국이 밥상에 올라왔다.

우리 집 돌미역은 특히 산후 미역으로 인기가 좋았다. 산모가 먹을 미역을 달라고 하면 제일 좋은 미역을 먼저 챙겨 주고 팔았다. 어머니도 자식을 가질 때마다 좋은 미역만 골라서 따로 챙겨 놓았다. 좋은 미역으로 국을 끓여 먹어야 몸이 빨리 회복된다고 믿고 있었다.

하지만 힘들게 해산하고도 어머니는 오히려 미역국을 먹지 못한 적이 있었다. 바로 나를 낳고 나서 미역국은커녕 밥 한술 뜨지 못했다. 아들이 귀한 집에 다섯째 딸로 태어난 나는 딸이라는 이유로 태어나자마자 죄인이 되었다.

아버지는 딸이라는 말이 믿어지지 않았는지 몇 번이고 다시 확인해 보라고 재촉했다. 방에 있던 언니는 울면서 같은 대답을 여러 번 했다. 화가 난 아버지는 딸이 부족해서 하나 더 낳았느냐고 큰소리를 내고는 대문 밖으로 나가 버렸다. 아버지가 여러 날 집을 비울 때까지 어머니와 나는 배를 곯았다.

그때의 일을 잊지 못하신 듯 내가 첫아이로 딸을 낳았을 때 어머니가 가장 먼저 한 말이 미역국은 먹었느냐는 것이었다. 딸인 나를 낳고 죄인 취급을 받은 그날의 허기가 쉽게 채워지지 않았나 보다.

"너를 낳은 그해 미역이 참말로 좋았어. 장사꾼이 산후 미역까지 탐을 냈지만 내가 안 팔았지."

팔순이 넘은 지금도 미역돌은 어머니의 든든한 주머니다. 나이 때문에 힘에 부치는 논밭은 남을 주었지만 돌은 아직도 직접 관리하고 있다. 잠깐 일을 도와준 나는 힘들어 몸살이 나는데 어머니는 멀쩡하다. 벌써 돌매는 이야기를 꺼내는 것을 보니 내년에도 미역을 하실 모양이다. 발 위의 미역을 손질하는 어머니의 몸놀림이 미역돌만큼은 놓지 않겠다는 의지처럼 보인다.

바닷바람에 미역이 뽀송뽀송 말라 간다. 어머니의 손에서 미역이 먹음직스럽게 말라 간다. 햇살 고운 봄바람에 어머니의 지난 기억도 미역오리처럼 따사롭게 말라 간다. 먼바다에서 밀려온 파도소리가 하얗게 말라 간다.

구걸하는 여자

시내에 나왔다. 아직 햇살이 덜 익은 시간이라 거리에는 사람들이 많지 않다. 밤의 화려함이 사라진 거리는 화장을 지운 얼굴같이 허전해 보인다. 그 허전함을 채우듯 물건을 진열하는 노점 상인의 손이 바쁘다.

나는 진열된 물건들을 곁눈질로 구경하며 천천히 걸었다. 어느 제과점 앞을 지나치다가, 구걸하는 여자를 보았다. 나이를 알 수 없을 정도로 찌든 얼굴, 주인을 똑 닮은 동전 바구니….

그녀를 오늘 처음 본 것은 아니다. 언제였던가, 한번은 그녀가 내민 손에 천 원을 준 적이 있었다. 그때 그녀는 모처럼 보는 지폐인 듯 좋아했다. 어쩌다 걸인이 되었을까?

시간이 훌쩍 지나 버린 후, 그녀를 또 보았다. 예전보다 더 초라해진 그녀는 구석에 던져 놓은 헌 옷 뭉치처럼 앉아 있었다. 그 앞을 지나가는 대부분 사람은 그녀의 구걸을 외면했다. 어떤 젊은이는 쓰레기 더미를 보듯 피해서 갔다. 나는 몇 개의 동전을 꺼내 바구니 안에 넣었다.

어느 날 밤, 우리 집 셋째가 갑자기 39도나 되는 고열에 시달렸다. 아이에게 해열제를 먹이고 물수건으로 몸을 닦아 주었다. 생각보다 열은 쉽게 떨어지질 않았다. 생후 14개월 된 어린 아기라 겁이 났다. 아침이 오기를 기다리며 기도했다. 내가 할 수 있는 것은 그것뿐이었다. 신의 도움을 바라는 내 모습에서 문득 구걸하던 여자가 떠올랐다. 사람들의 동정을 바라며 기도하듯 두 손을 맞잡고 있던 그 모습….

내 아이만을 위한 간절한 기도가 염치없는 구걸같이 느껴졌다. 그래도 부족함이 많은 나로서는 어쩔 수가 없었다. 기도할 수밖에는…. 그 밤 길고 긴 나만의 구걸은 끝날 줄 몰랐다. 누군가가 기도하는 내 얼굴을 본다면 걸인의 얼굴을 볼 수 있었을 것이다. 지금까지 나도 그녀처럼 구걸하며 살았다. 그러면서도 사람이 아닌 신께 구걸하였기 때문에 한 번도 부끄러워한 적이 없었다.

어쩌면 구걸은 처음 시작할 때가 가장 어려울지 모른다. 가족이나 친구가 아닌 모르는 사람에게 무엇을 빌린다는 것도 쉽지 않은데, 하물며 돈을 구걸한다는 것은 더욱 어렵다. 그녀도 처음 구걸할 때가 힘들었을 것이다. 자존심과 창피함이 뒤섞인 첫말이 나오기까지 얼마나 많이 망설였을까. 그러다가 시간이 지나면서 조금씩 손을 내미는 것에 익숙해지지 않았을까?

내 기도는 신앙을 가지면서 시작되었다. 처음 기도가 이루어진 후부터 차츰 신께 손을 내미는 것에 맛을 들이기 시작했다. 특히 아이들을 출산할 때는 눈물까지 흘리며 기도했다.

나는 아기를 낳을 때 매번 양수가 먼저 터져 출산이 순조롭지 않았다. 그중에서 둘째를 낳을 때가 제일 힘들었다. 양수가 새는 상황에서 빠른 분만을 위해 촉진제를 여러 번 사용했다. 그러나 진통은 오다 말다 했다. 열다섯 시간이라는 긴 시간 속에서 점점 지쳐갔다. 담당 의사는 마지막 방법이라며, 진통이 올 때 있는 힘을 다해 아기를 밑으로 내리라고 말했다.

나는 피멍이 들 정도로 아랫입술을 깨물며 용을 썼다. 살려 달라고 신께 울며 매달렸다. 그 순간 내 기도는 신을 향한 구걸과 다름없었다. 그리고 무사히 아기를 낳았다. 그 후 나는 기도하는 것에, 아니 구걸하는 것에 점점 익숙해졌다.

다시는 아기 낳을 일이 없다고 생각할 때, 또다시 임신했다. 셋째 때는 나름대로 조심했다. 그런데 임신 후반에 갑작스럽게 이사할 일이 생겼다. 그것이 화근이 되어 예정일보다 이 주일이나 빠른 출산을 하게 되었다.

나는 두려웠다. 아기를 낳다가 죽을 수도 있다고 생각하게 된 나로서는 마치 마음 무거운 숙제가 생긴 것 같았다. 그렇다고 아이를 낳지 않을 수도 없었다. 태아 상태를 알아보는 검사를 해 보니 결과가 좋지 않았다. 의사는 더 위험한 상태가 되기 전에 유도 분만을 하자고 했다. 나는 신께 눈물의 기도를 했다. 구걸을 잘해서

인지(?) 병원에 입원한 지 여섯 시간 만에 아기를 낳게 되었다.

매 순간 기도로서 신께 구걸하는 나, 그렇다면 그녀보다 내가 더 이기적이다. 돈만 구걸하는 그녀와 달리 나는 이미 가진 것을 더 달라고 한다. 내게서 멈추지 않고 자식들까지 잘되게 해 달라고 한다. 어처구니없게도 나는 행복 그 자체를 달라고 떼를 쓴다. 정말 한심한 사람은 그녀가 아닌, 나 자신이다.

지금 내 발길은 제과점 앞에 앉아 있는 그녀에게로 간다.

"식사했어요?"

그녀는 의아해하는 눈빛으로 고개를 젓는다.

"나랑 저 식당에서 식사해요."

싫다며 손을 흔든다.

"괜찮아, 돈만 줘."

그녀는 익숙한 동작으로 손을 내민다.

지갑에서 만 원 한 장을 건네주며, 식사 꼭 하라고 말하며 일어선다. 그 순간 그녀의 얼굴이 환해진다.

어쩌면 그녀의 구걸은 진실한 기도인지도 모른다.

허기

바바리를 보면 생각나는 사람이 있다. 그는 바바리가 참 잘 어울렸다. 내가 살던 바닷가에서는 보기 어려운 세련된 외모에 키도 훤칠했다. 핏기 없는 얼굴과 바람에 팔락이던 바바리 끝자락이 지금도 눈에 선하다.

그 남자를 처음 본 것은 초등학생 때였다. 늦은 점심으로 허기진 배를 막 달래고 났을 때, 그가 내 앞에 나타났다. 나를 보자마자 한 여자의 이름을 힘들게 뱉으며 아느냐고 물었다. 고개를 끄덕이자, 집을 가르쳐 달라 했다.

여자의 집에 도착한 그는 장승처럼 서 있었다. 한걸음에 들어갈 줄 알았는데 그냥 보고만 있었다. 답답한 마음에 내가 집 안을 기웃거렸다. 아무도 없었다. 사람이 없다는 내 말이 그의 귀에 닿지 않았다. 누군가 나오길 기다리는 사람처럼 그는 대문 앞에 우두커니 서 있었다. 창백한 얼굴 때문이었을까, 아니면 황토색 바바리 때문이었을까. 왠지 그가 바람을 업고 있는 흙벽처럼 느껴졌다.

그날 밤이었다. 사람들의 웅성거림이 작은 동네를 흔들었다. 그 바람에 눈꺼풀 위에 앉아 있던 잠이 달아났다. 어른들은 잰걸음으로 소리를 따라갔다. 나도 뒤따랐다.

젊은 남자가 농약을 마셨다. 그 주변에 많은 사람이 있었다. 다급한 소리가 여기저기서 터져 나왔다. 발을 동동거리며 차가 오길 기다리는 사람과 달리 넋 나간 사람처럼 바닥에 주저앉아 울고 있는 여자가 보였다. 그녀의 어머니는 딸의 옷을 잡아 흔들며 더 큰 소리로 울었다. 여자의 아버지는 집안 망신이라며 벼락같은 소리로 딸을 야단쳤다.

사람들 틈으로 쓰러진 남자의 옷이 보였다. 눈에 익은 바바리였다. 그 남자였다. 장정 몇몇이 그 남자의 팔다리를 주무르고 있었다. 온몸이 뻣뻣하다며 빨리 병원에 가야 한다고 소리치는 이도 있었다. 낮에 본 사람이 농약을 먹었다는 것이 믿기지 않았다. 동네 어른 한 분이 어린아이가 볼 것 못 된다며 나를 내쫓았다. 그날 밤 나는 몸이 돌덩이처럼 무겁고 뻣뻣해지는 무서운 꿈을 꾸었다.

다음 날, 어른들의 수군대는 소리가 내 귀에까지 왔다. 그는 병원으로 갈 새도 없이 숨이 넘어갔다. 빈속에 약을 마셔 더 그랬다. 며칠 동안 아무것도 먹지 않고 언덕에서 마을을 내려다보는 것을 본 사람이 있었다. 그가 우리 동네에 온 것은 결혼 허락을 받기 위해서였다. 일이 생각대로 되지 않자 미리 준비해 온 농약을 마셨다.

남자를 본 동네 사람들은 잘생긴 인물이 아깝다며 혀를 찼다. 어떤 사람은 여자네 부모를 흉보기도 했다. 둘은 결혼식만 하지 않았지, 같이 살았다는 것이다. 그 말끝에 젊은 사람이 숨이 빨리 끊어진 것이 이상하다고 했다. 남자가 마신 농약은 적은 양이라 죽을 정도는 아니라고 했다.

자식을 키우는 지금에야 그를 죽게 만든 것이 허기였다는 것을 알게 되었다. 그는 사랑에 허기진 사람이었다. 태어나자마자 부모로부터 버림받았다고 했다. 그는 동네 언니를 만나기 전까지는 사랑을 받아 본 적이 없는 사람이었다. 사랑을 받지 못해 가슴에는 늘 차가운 허기만이 돌았다.

언니는 그 허기진 가슴을 보았을 것이다. 그래서 어머니 같은 사랑을 주지 않았을까. 어머니, 그에게 허기를 준 사람이지만 한없이 그리운 존재였을 것이다. 그는 언니와 사는 동안 그리운 어머니를 만난 듯 행복했을 것이다.

그런 언니를 잃는다는 것이 두려웠는지도 모른다. 아니, 또다시 허기진 가슴으로 살아야 한다는 게 무서웠을 것이다. 그에게 허기는 삶을 포기할 만큼 잔인한 것이었다.

가을이 되면 사람들은 바바리를 즐겨 입는다. 길을 가다 황토색 바바리를 입은 젊은이를 보면, 그 남자가 떠오른다. 그의 허기진 얼굴이 잊히질 않는다.

마음에 자리가 없다면

십 년을 탄 자동차를 팔았다. 차를 산 사람은 남편이 근무하는 회사의 신입사원이다. 저녁을 먹은 우리 부부는 내일이면 보내야 할 애마를 타고 외출을 했다. 남편은 운전하면서 간간이 한숨을 내쉬었다. 축축한 한숨이 진눈깨비처럼 운전대에 내려앉았다.

"당신, 이 차 타는 것도 오늘이 마지막이야."

내려앉은 한숨을 닦아 내듯 남편은 운전대를 쓰다듬으며 말을 뱉었다.

"그동안 고마웠다. 우리 가족을 위해 밤낮으로 달려 주고 안전하게 지켜 줘서 정말 고마웠다."

애마에게 고맙다는 인사를 한 남편은 손때가 묻은 사진첩을 넘기듯 옛날이야기를 꺼냈다. 차를 처음 샀을 때는 밥 안 먹어도 배가 불렀다는 둥, 큰아이가 차에 우유를 마시고 토하는 바람에 힘들게 시트를 손으로 세탁한 일이 생각난다는 둥, 남편은 차에 얽힌 이야기를 줄줄이 늘어놓았다. 그동안 애마 덕분에 행복했다면서 고마워했다.

그런 남편과는 달리 나는 미안한 마음이 들었다. 우리 집에 있는 동안 내 손으로 세차 한 번 해 준 적이 없었다. 오히려 자동차에 크고 작은 흠집만 많이 남겼다. 운전을 막 시작할 무렵에 가벼운 접촉 사고를 몇 번 냈다. 그 바람에 말갛게 윤나던 모습은 온데간데없고 말썽꾸러기 얼굴처럼 여기저기 상처가 났다. 그 상처가 아물기도 전에 이별할 줄은 몰랐다.

남편은 운전대를 어루만지며 새 주인에게도 우리한테 한 것처럼 잘해 주라고 부탁했다. 총각인 주인이 예쁜 아가씨와 데이트하면 더 안전하게 달리고 좋은 곳도 잘 찾아가라는 말도 덧붙였다. 마치 아버지가 자식의 등을 토닥이며 애정 어린 말을 해 주듯 속삭였다.

다음 날 아침, 남편은 외출을 서둘렀다. 차를 주러 간다며 숨을 길게 내쉬고 나갔다. 차 파는 것이 그리 서운할까, 남편이 유치해 보이기까지 했다. 새 주인에게 차를 주고 돌아온 남편의 첫마디,

"우리 애마 시집보내고 왔다."

새 주인에게 잘 보이라고 세차도 하고, 브레이크 라이너도 갈고, 기름도 만 원 어치 넣어 보냈다고 한다. 공들여 세차해 놓으니 차가 훤하더란다. 그렇게 훤한 모습으로 쌩하게 달려가더란다. 떠나는 차의 뒷모습을 한참 보다가 왔다며,

"새 주인을 태우고 신나게 달려가더라…."

남편의 말끝이 흐려졌다. 정든 차를 남에게 보내고 섭섭해하는

남편을 보고 있노라니 나를 시집보낼 때, 서운해하던 오빠 얼굴이 떠올랐다.

내가 고등학생일 때 아버지는 병으로 우리 가족과 긴 이별을 했다. 그렇게 세상을 뜬 아버지 대신 오빠는 자연스럽게 가장이 되었다. 특히 여동생들이 결혼할 때면 오빠는 혼주 역할을 충실히 했다. 양가 상견례에서부터 동생을 시집에 데려다주는 것까지 모두 오빠의 몫이었다.

그날은 막내인 나를 시집에 데려다주던 날이었다. 나는 아침부터 싱글벙글했다. 시집가는 것을 정든 가족과의 이별이라고 생각하지 않았기에, 나는 슬프지 않았다. 마냥 행복하기만 했다. 같은 포항에 시댁이 있었기에 친정은 언제든지 올 수 있다고 생각했다.

신행 준비를 할 때였다. 오빠는 거실에 걸려 있는 사진들을 보고 있었다. 아버지의 사진에서 눈길을 멈추는 듯했다. 무슨 할 말이라도 있는지…. 내가 마당으로 나가니 오빠는 언제 나와 있었는지 하늘을 쳐다보고 있었다. 비라도 내릴 것 같은 잿빛이 고스란히 얼굴에 내려앉은 듯 어두워 보였다. 오빠의 얼굴이 그렇게 어두워 보였던 것은 흐린 날씨 탓인 줄만 알았다.

남편의 애마였던 자동차가 헤어지는 주인의 마음을 모르듯 나 또한 그러했다. 오빠의 마음이 딸을 보내는 아버지와도 같은 서운한 마음이었다는 것을 알지 못했다. 아버지가 아닌 오빠였기에, 그렇게 서운해할 거라고는 생각지도 못했다.

오빠는 나를 시집에 데려다주고 가던 길에 어느 술집에 들러 울었다고 했다. 안주는 입에도 대지 않은 채 눈물로 술을 마셨다고 한다. 막냇동생을 장남에게 보내는 걱정까지 더해 오빠는 눈물을 쉼 없이 흘렸단다. 훗날 올케언니를 통해 오빠의 마음을 알 수 있었다.

마음에 자리가 없으면 이별이라는 것을 왜 몰랐을까. 그때는 이미 내 마음에 새사람이 꽉 차 있어 다른 사람이 들어올 자리가 없었다. 더구나 친정 식구는 마음에 담지 않아도 영원히 그 자리에 머물러 줄 거라고 착각했다. 내가 착각 속에서 사는 동안 친정은 점점 멀어지고 있었다. 마음에서 밀려난 어머니와 오빠는 늙어 가고 있었다.

친정은 내게 가깝고도 먼 곳이다. 자동차로 가면 이십 분이면 충분한 거리이건만 자주 가지 못한다. 어쩌다 가도 하룻밤 자고 오는 게 고작이다. 어머니의 모습이 하루가 다르게 약해지는데 자주 찾아가지 못하고 있다.

지금도 나는 길을 가다가 예전의 차와 비슷한 자동차를 보면 어쩐지 반갑다. 혹시나 하여 번호판부터 살피게 된다. 주차장을 지나갈 때도 혹여 예전의 우리 차가 있을까 기웃거린다.

이별은 한밤의 눈처럼 와서 나를 놀라게 하더니, 그리움은 산그늘에 내린 눈이 되어 쉬이 녹지도 못하고 나날이 마음에 스며든다.

내게 이별은 곧 그리움의 시작이다.

오어사의 배롱나무

운제산 자락에 자리 잡은 오어사에는 수령이 이백오십 년이나 되는 배롱나무가 서 있다. 대웅전을 지키고 선 배롱나무는 한여름 뙤약볕 아래서 봉우리를 터뜨리고 있다. 무엇을 태우기 위해 가지마다 붉은 꽃을 피우는 것일까. 저 붉은 꽃에는 처절한 사연이 숨어 있을 것 같다.

처녀 시절, 방 한 칸 얻어 자취 생활을 할 때였다. 바로 옆방에는 하는 일 없이 화투로 패를 뜨며 시간을 죽이는 여자가 있었다. 나도 남는 게 시간뿐인 취업준비생이었기에 우리는 자연스럽게 언니 동생 하는 사이가 되었다.

여름 어느 날, 매미 소리가 우리의 마음을 흔들어 놓았다. 바깥 출입을 잘 하지 않는 언니가 나를 데리고 간 곳은 오어사였다. 푸른 산그늘이 물에 내려앉아 고요히 쉬고 있는 곳에 오어사가 있었다. 앞장서 가던 언니는 붉은 꽃을 피운 배롱나무 앞에서 발길을 멈추었다.

나무 주변에는 골을 파서 막걸리를 가득 부어 놓았다. 언니는 한숨을 쉬면서 나무 앞에 쭈그리고 앉았다.

"너도 꽃이라고 술을 먹이더냐?"

언니의 말에 나는 철없이 한마디 거들었다.

"꽃도 술 먹으니깐 좋은지, 붉기만 하네."

언니는 조금 전보다 더 크게 한숨을 쉬었다.

"술은 자기가 먹고 싶을 때 먹어야 좋지, 억지로 먹이는 술이 뭐가 좋아."

웃자고 농을 던졌던 나는 언니의 말에 머쓱하여 입을 다물었다. 먼 산을 보고 있는 언니의 눈이 산보다 더 아득하게 느껴졌다.

언니는 돈을 벌기 위해서 억지웃음을 팔았던 사람이다. 남이 주는 술을 마시고 온몸이 망가져 버린 여자이다. 처음부터 술장사를 했던 건 아니었다. 철없을 때 처음 잡은 직업은 '다방 레지'였다.

마담은 일도 하기 전에 돈부터 주었다. 꽃단장해야 하니 화장품과 옷을 사라며 돈을 준 것이었다. 뭉칫돈을 받아 들자 횡재가 따로 없었다. 행여 마담의 마음이 바뀌어 돌려 달라고 할까 봐 겁났고, 그런 말 나오기 전에 빨리 쓰고 싶어 잠이 오지 않았다. 레지가 뭔지도 모르면서 열심히 일하면 금방 부자가 될 것 같아 마음이 설렜다. 그 돈이 인생을 바꿔 놓을 줄은 꿈에도 생각하지 못했다.

사람들은 커피 한 잔 마시면서 덤으로 언니의 엉덩이를 만졌다. 돈에 발목 잡힌 언니는 거친 바람에 휘둘리는 나무가 되었다. 바람은 멈출 생각이 없는 듯 매몰찼다. 아직 제 몸피를 불리지 못한 여린 가지는 맥없이 흔들리기만 했다. 언니에게는 바람을 막아 줄 산 그늘조차 없었다.

비바람에 부대끼며 산 언니는 하루가 다르게 메말라 갔다. 화사했던 얼굴에 먹구름처럼 그늘이 잔뜩 끼더니 밤마다 이불깃을 적셨다. 몸에 있던 물이 다 빠져나가 버린 언니의 얼굴은 하얀 분꽃처럼 처연했다. 한 번도 하늘을 향해 뻗어 보지 못한 삶이 애처로워 손끝에 겨우 매달려 있는 목숨 줄을 놓아 버릴 수도 없었다.

속으로 삭여 온 아픔의 무게를 감당하지 못한 언니는 병원을 들락거렸고 방바닥에는 약봉지가 뒹굴었다. 누렇게 말라 가는 잎사귀를 끌어안은 듯 몸은 맥없이 바스락거렸다. 그런 몰골로 언니는 고향에 돌아온 것이다.

거친 땅에서 힘겹게 버틴 뿌리를 보듬어 줄 단비를 그리듯, 추운 몸을 녹일 수 있는 햇살 부스러기라도 받고 싶은 심정으로 돌아왔는지도 모른다. 밤마다 그리워했던 집이지만 마음과는 달리 집으로 발길을 뻗칠 수는 없었다. 언니는 멀찍이 떨어진 곳에서 고단한 짐을 풀었다.

언니에게는 술이 독이 되었지만, 오어사의 배롱나무는 달랐던 모양이다. 이백오십 년이 된 나무는 가지마다 윤기가 흐르면서 매끈했다. 술을 먹고도 사랑을 받은 나무는 긴 세월을 봄날처럼 살았지만, 독주를 마신 언니는 혹독한 추위에 떨면서 견뎌 왔다. 같은 것을 먹어도 약이 되는가 하면 독이 되기도 했다.

오어사의 배롱나무를 보면 가꾸는 이의 마음을 엿볼 수가 있다. 있는 그대로의 모습을 소중히 여기며 보살폈다는 것을 알 수 있다. 한결같은 마음으로 보살펴 주지 않고서야 그 긴 세월 동안 해마다 고운 꽃을 피울 수 있겠는가. 오랜 세월이 느껴지지만 싱그럽고, 화사해 보이지만 고고한 기품이 흐르는 나무이다.

올해도 배롱나무는 여름나기를 잘하고 있을까. 유난히 덥고 가문 탓에 힘들지는 않았는지, 바쁜 걸음으로 절에 들어서자마자 나무부터 살핀다. 그 어디에도 힘든 기색이 보이지 않는다. 하늘을 향해 뻗기만 하는 나무와는 달리 배롱나무는 한복 저고리의 곡선처럼 기지의 휘어짐이 우아하다. 마음을 들끓게 했던 시름을 내려놓듯 배롱나무 그늘에 들어선다.

대웅전에서 들려오는 독경 소리가 더위를 식혀 주는 바람처럼 시원하다. 오랜 세월 독경을 듣고 자란 배롱나무에서 쉽게 범접할 수 없는 불상처럼 신비스러운 기운이 감돈다. 머리에는 화불이 새겨진 보관을 쓰고 있는 관세음보살의 모습을 보는 듯하다. 고통스러운 중생이 이름만 불러도 구제해 준다는 관세음보살.

지금쯤은 그 언니도 자신의 과거를 껍질처럼 훌훌 벗어 버리고 자유로워졌으면 좋겠다. 진정한 사랑을 찾아 그 기쁨을 누리는 삶을 살았으면 좋겠다. 언니를 생각하는 마음을 배롱나무 가지에 걸어 놓는다. 내 염원에 화답하듯 나뭇잎이 흔들린다. 대웅전에서는 여전히 창창한 독경 소리가 한 줄기 바람처럼 내 마음에 들어온다.

오어사에는 관세음보살 같은 배롱나무가 산다.

불안한 순간

서울 길은 나를 주눅 들게 한다. 딸아이를 보러 가끔 가는 서울의 길은 복잡하고 낯설다. 버스에서 내리는 순간부터 긴장하게 된다.

아이를 만나야만 나는 웃을 수가 있다. 서울 지리를 아는 딸아이와 같이 있으면 불안감은 사라진다. 서울에서만큼은 엄마 옷을 잡은 아이처럼 딸의 뒤를 졸졸 따라다닌다. 스마트폰 하나로 어디든 찾아가는 아이가 믿음직스럽다.

하루는 서울 구경시켜 준다는 아이를 따라 버스를 탔다. 옆에 앉은 젊은 남자가 말을 걸었다.

"중랑역에 가요?"

지리를 모르는 나는 당황스러웠다. 조금 떨어진 곳에 앉은 딸아이에게 도와 달라는 눈길을 보냈다. 남자는 내가 대답을 하지 않자 다시 물었고, 그때 내 앞에 서 있던 남자가 중랑역에 이 버스가 간다고 했다. 옆 사람은 그 남자의 말은 무시하고 내게 또다시 물었다. 나는 그를 안심시키기 위해서 간다고 대답했다. 그러자 남자는 목소리가 밝아지면서 "기다려요?" 하고 또 물었다. 그제야 발달 장애가 있는 사람이라는 걸 알았다. 나는 웃으면서 "기다려요." 했다.

얼마 못 가서 남자는 중랑역 가는지를 재차 물었다. 간다고 말하는 내게 그는 조금 전처럼 "기다려요?" 했다. 나도 같은 대답을 해 주었다. 내 대답에도 불안한지 자꾸 두리번거렸다. 나도 덩달아 불안해졌다. 이 버스가 중랑역에 가는지 모르는 건 그나 나나 마찬가지였기 때문이다. 안절부절못한 그를 보자 차가 중랑역에 안 가면 어쩌나 걱정되었다. 누군가에게 물어보고 싶어졌다. 나도 그 남자처럼 두리번거렸다.

그때 딸아이가 옆자리가 비었다며 나를 불렀다. 나는 기다렸다는 듯이 잽싸게 뒤로 갔다. 그도 따라오려는 듯 엉덩이를 들썩거렸다. 아마 내가 내리는 줄 알고 따라 일어서려고 한 것 같았다. 그는 옆에 사람이 없자 더 불안해 보였다. 뒷자리에 앉아도 그 남자에게 자꾸 눈길이 갔다.

남자는 옆자리에 여자가 앉으면 중랑역에 가느냐고 물어보고, 남자가 앉으면 고개를 창 쪽으로 돌려 버렸다. 아마 여자는 엄마 같아서 말 붙이기가 쉬웠던가 보다. 그 남자는 버스가 섰다가 다시 출발할 때마다 자신이 내려야 하는 중랑역에 가느냐고 여자들에게 물었다.

딸아이에게 중랑역을 물어보니 모른다고 했다. 남자에게 도움이 안 된 것이 미안해서 괜히 딸아이에게 서울 살면서 중랑역도 모르느냐고 투덜거렸다.

앞쪽에 앉아 있던 인상 좋게 생긴 여자가 그 남자의 옆으로 옮겨 앉았다. 그 여자도 마음이 편하지 않았나 보다. 그 여자가 웃으며 친절하게 알려 주자, 굳어 있던 남자의 얼굴이 풀리기 시작했다. 여자는 정말 엄마처럼 따뜻한 눈길과 말투로 설명했다. 차가 밀려 늦어지는 거라고, 안전하게 집에 갈 수 있으니 걱정하지 말라고 안심시켜 주었다. 그 이후로 남자는 누구에게도 묻지 않고 얌전히 있었다.

그 남자도 나처럼 서울 길이 무서운가 보다. 나는 서울의 길 위에 서면 그 순간만큼은 머릿속이 하얘진다. 내가 사는 곳에는 지하철이 없다. 생소한 지하철의 복잡한 노선이 어렵기만 하다. 반대 방향으로 가는 것을 타서 놀란 적이 있어 더 불안하다. 지하철 앞에서는 미로 속에 갇힌 사람이 된 것처럼 허둥댄다.

그렇다고 버스가 만만한 것도 아니다. 서울 지리를 모르니 어떤 버스가 어디로 가는지 몰라서 혼자서는 탈 수가 없다. 서울에만 오면 나는 어쩔 수 없이 발달이 덜 된 티를 내게 된다.

그 남자에게서 내 모습이 보여 시선을 거둘 수가 없었다. 그가 무사히 집에 도착하길 진심으로 바랐다. 그 남자보다 내가 먼저 내리게 되었다. 또다시 길에 선 나는 아이의 손을 꼭 잡았다.

개기월식

개기월식이 시작되었다. 지구가 차츰차츰 달빛을 지우고 있다. 조금 전까지만 해도 밝고 투명한 빛을 뿜어내던 달이었다. 그런 달이 지금 내 눈앞에서 사라지고 있다. 이제 달은 완전히 빛을 잃었다.

달빛 뒤에 숨어 있던 어둠이 찬바람과 함께 와락 달려든다. 세상은 조명이 꺼진 무대처럼 어둠에 묻힌다. 거대한 그림자에 가려진 달은 존재감마저 흐릿해진다. 달을 가리는 일은 하늘에만 있는 게 아니다. 우리의 삶에도 개기월식은 일어난다.

달빛을 받고 태어난 사람이 있었다. 석 달 열흘을 달 아래 물을 놓고 빈 자식이었다. 첫 울음소리에 눈물을 흘리며 기뻐한 사람은 그의 늙은 아버지였다. 아들을 얻기 위해 절을 지어 부처님께 바치고 사내아이만 생산한 남의 배까지 빌렸다. 늙은 아비의 마음을 알기라도 한 것인지 아이는 조막만 한 몸에 살이 올라 하루가 다르게 보름달로 자랐다.

그는 도시에 있는 학교를 다니기 위해 배다른 누나 집으로 들어갔다. 그를 돌보는 조건으로 누나는 집을 받았다. 늙은 아비는 어렵게 얻은 아들이 걱정되어 갖은 보약을 보내는 것 또한 잊지 않았다. 시골에서 올라온 보약은 그가 아닌 누나의 아들에게 먼저 갔다. 조카가 마시고 난 뒤 재탕으로 달인 약사발이 그의 방으로 건너왔다. 그가 마신 것은 아버지의 사랑이 아니라 소태보다 더 쓴 누나의 미움이었다.

밤하늘에 초승달이 떠 있어 손을 뻗으면 잡힐 것 같았다. 손톱만큼 빛을 내는 달이 누나의 핍박을 피해 숨어 있는 그의 처지처럼 처량해 보였다. 어머니가 둘이라도 사랑을 받지 못한 그, 누나가 둘이라도 살가운 정 한번 받지 못한 그였다.

하루하루 약해지는 아버지의 기력이 그의 혼인을 재촉했다. 그보다 두 살 위인 열아홉 처녀와 짝이 되었다. 눈에는 총기가 있고 손은 야무져 늙은 아비는 흡족했다. 정신이 멀쩡할 때 며느리에게 살림살이를 알려 주었다. 산과 밭은 어디에 있으며 바다의 미역돌은 어디에 있다고 일러 주었다.

결혼해도 중학생의 몸이라 누나의 집에 계속 머물렀다. 그러다가 주말이 되면 아내가 있는 시골집에 내려왔다. 고등학생이 되었을 때, 누나는 더 이상 밥을 축낼 수 없다며 대문 밖으로 그를 밀어냈다. 시내에 있는 학교에 진학해서 꿈을 이루고 싶었던 그였다. 눈칫밥도 밥이려니, 스스로 마음을 다잡았던 그였다.

집으로 돌아오는 길이 멀게만 느껴졌다. 가슴을 치고 올라오는 불덩이를 삼킬 때마다 목구멍이 먹먹해서 현기증이 났다. 흙먼지를 일으키며 덜컹거리는 버스를 타고 집으로 오는 내내 살아갈 일이 걱정되었다. 가족으로부터 밀려났다는 두려움까지 보태져 깜깜한 어둠 속에서 길을 잃은 듯 겁이 났다. 그날의 그는 알지 못했다. 지쳐 가던 어느 날, 그도 비포장도로의 버스처럼 골골거리다 삶을 끝낸다는 것을 미처 몰랐다.

집에 도착하자마자 삼켰던 불덩이를 토해 냈다. 그의 울음소리를 들은 아비는 바닥을 치며 화를 냈다. 어미가 달라도 제 동생인데 어찌 남보다 못할 수가 있는지, 동생 돌본다는 핑계로 재산만 챙긴 딸이 야속했기 때문이다. 어미 잃은 새끼가 울부짖는 것처럼 그의 울음은 처량하면서도 거칠었다.

늙은 아버지가 눈을 감기가 무섭게 배다른 누나들은 돈이 될 만한 것을 챙겨 갔다. 친척들까지 와서 어디에 있는 땅은 자기네 것이라며 법석을 떨었다. 냄새 맡고 몰려든 파리 떼처럼 하나라도 더 가져가려고 극성스럽게 윙윙거렸다. 그의 아내만이 조목조목 따지며 재산을 지킨다고 용을 썼지만 어린 부부는 그들에게 만만한 상대였다.

어린 조카가 법원에서 잘나가고 있을 때, 그는 동네 이장이었다. 살아생전 해 본 이름 내는 벼슬이었다. 죽는 날까지 그는 이장이면서 잘난 조카의 외삼촌이었다. 마을 사람들은 법원에 갈 일이 있으면 그를 찾아와 조카에게 말을 넣어 달라고 했다. 아무리 작은 것이라도 부탁은 큰소리치면서 할 수 있는 게 아니다. 자기를 낮추지 않고는 꺼낼 수가 없다. 눈부신 조카와는 달리 그의 빛은 오래된 흑백 사진처럼 초라했다.

날이 갈수록 배다른 누나는 잘난 아들을 등에 업었다. 그럴 때마다 누나의 그림자도 몸집을 키웠다. 어느 순간 그림자는 먹이 사냥을 하는 맹수처럼 그를 덮쳤다. 개기월식이었다.

개기월식이 되어도 달은 불이 꺼진 가로등처럼 그 자리에 있다. 다만 빛을 잃을 뿐, 사라진 것은 아니다. 그런 달처럼 그도 자기의 자리를 지켰다. 누가 알아주지 않아도 자기에게 주어진 삶을 받아들였다. 태어나면서부터 이미 만들어져 있는 가족이라는 궤도에서 묵묵히 살았다.

달처럼 순한 사람이 내 아버지다. 차가운 동짓달 보름에 세상과 첫눈을 맞춘 아버지는 오십을 조금 넘긴, 어느 섣달 한겨울에 사그라지는 불씨처럼 눈을 감았다. 상을 치는 날이 그믐이라 대문에 걸어 놓은 붉은 등불만이 어스름하게 떨고 있었다.

내 머리 위의 달은 아직도 개기월식 중이다. 빛을 잃은 달에서 아버지의 슬픔이 느껴진다. 그림자에 가려 빛을 잃고 살아온 아버지의 아픔을 남편 뒤에서, 자식들 뒤에서 중년이 되도록 살아 보니 조금은 알게 되었다.

평생을 그늘에서 산 아버지의 가슴에는 찬바람이 일었을 것이다. 그늘이 어둡고 추운 것은 슬픔을 말릴 수 있는 빛이 없기 때문이다. 슬픔이 마르지 못했으니 상처 또한 아물지 못했을 것이다. 빛 한번 보지 못한 삶이라서 더 안타깝다. 나라도 조금 더 일찍 상처를 보았다면 어떠했을까.

내 마음에는 아버지의 자리가 없었다. 아들이 귀한 집안에 다섯 번째 딸로 태어난 나는 아버지와 마음을 나눌 사이는 아니었다. 아들을 원하는 마음이 클수록 딸을 낳았다는 아쉬움도 함께 자랐다. 아들이 아니라는 사실이 나를 움츠리게 했다.

시간이 지날수록 나는 빛을 잃어 가는 초승달처럼 소심하고 내성적인 여자로 살고 있었다. 그리고 어느 순간, 그 빛마저 잃게 되었다. 차갑고 무뚝뚝한 아버지의 그늘에서는 빛을 낼 수가 없었다. 딸아이라서 마음껏 공부도 할 수 없었다. 돈 걱정하며 하루하루 살아가는 아버지의 마음은 나에겐 없었다. 그때 이미 내 마음은 개기월식이었다.

아버지를 닮은 어두운 달이 마음에 들어온다. 물결에 흔들리는 달빛처럼 그리움이 나를 흔든다. 이름이 낯설 정도로 함께하지 못한 시간이 길어 버린 지금에야 아버지의 상처가 보인다. 부모는 자식의 상처까지 끌어안고 살아간다는 것을 이제야 알게 되었다.

마음 밑바닥에 숨어 있던 습기가 올라온다. 개기월식을 보고 있는 눈에서 눈물이 난다.

2부

사과 씨앗에 사과나무 한 그루가 들어 있는 것처럼

별을 보고 있노라면 내가 어디에 있는지 알게 된다.
사과 씨앗에 사과나무 한 그루가 들어 있는 것처럼
내 안에도 우주가 있다고 생각한다.
지구에 사는 모든 생명체에는 우주가 들어 있다.
그런 별 앞에서 경건해질 수밖에 없다.

천문대 가는 길

차는 굽은 길을 돌아 부지런히 산을 오른다. 남편은 열린 하늘이 닫힐까 봐 조바심을 낸다.

별과의 만남은 원한다고 이루어지는 것이 아니다. 하늘이 허락해 주어야 만날 수 있다. 남편이 아무리 시간이 많아도 별이 제 모습을 보여 주지 않으면 그날은 말 그대로 별 볼 일 없는 날이 된다. 별 볼 일이 되기 위해서는 하늘은 구름 한 점 없이 깨끗하고 보름달이 뜨지 않아야 한다.

달빛이 너무 강해도 별을 제대로 볼 수 없다. 거기에다 하늘이 별을 내준다고 해도 지상에 불빛이 있으면 곤란하다. 요즘은 산마다 길을 내고 가로등을 밝히는 바람에 더 어렵다. 시골도 별 볼 수 있는 곳을 찾기가 쉽지 않다. 인간의 욕심이 별과의 만남을 더 힘들게 한다.

우리가 자주 가는 곳은 보현산 천문대이다. 하늘이 열린 밤이면 남편은 짐을 챙긴다. 늦은 밤 혼자 가는 게 걱정되기도 하고 또 주섬주섬 챙겨야 할 것도 많아서 웬만하면 나도 따라나선다. 막상 별을 보게 되면 망원경에서 눈을 뗄 수가 없다. 특히 토성과 달은 볼 때마다 탄성이 쏟아진다.

그 외에도 볼만한 별이 많다. 나는 이름을 외우지 못하기에 남편이 알아서 찾아 주는 것을 열심히 본다. 예전에 설악산 마등령에서 밤하늘을 본 적이 있었다. 평소에 생각하던 별이 아니라 너무나 크고 강한 빛이 하늘 가득 있었다.

별을 보고 있노라면 내가 어디에 있는지 알게 된다. 단순히 이 땅에 있다는 것에서 한 발 더 나아가 광활한 우주에 내가 존재한다는 것을 깨닫게 된다. 사과 씨앗에 사과나무 한 그루가 들어 있는 것처럼 내 안에도 우주가 있다고 생각한다. 지구에 사는 모든 생명체에는 우주가 들어 있다. 살아 숨 쉬는 모든 것이 귀한 존재라는 것을 일깨워 준다. 그런 별 앞에서 경건해질 수밖에 없다.

차 소리가 밤을 흔들며 달리는데 갑자기 검은 형체가 길을 막는다. 어린 노루다. 차를 멈추자 노루가 우리를 쳐다본다. 겁먹을까 봐 남편은 차의 불을 끈다. 도망갈 줄 알았던 노루는 꿈쩍도 하지 않는다. 조금 지나면 가겠지 하고 기다려 보았지만, 그 자리에 그대로다.

할 수 없이 우리가 먼저 움직이자, 노루도 앞으로 가기 시작한다. 마치 우리와 함께 가고 싶다는 듯 조금 앞서서 느릿느릿 걸어간다. 라이트를 켜면 놀라서 도망가겠지 싶어 길을 밝혔다. 노루의 걸음이 조금 빨라진다. 그것도 잠시, 다시 걷는다. 차를 세운 남편이, 산책 중인 노루를 방해한 것 같다며 멀리 갈 때까지 기다리자고 한다.

우리가 멈추자 앞서가던 노루가 제자리에 선다. 아무리 좋은 생각도 상대방이 모르면 헛일이다. 노루는 우리가 따라오지 않자 이상하다는 듯이 쳐다본다. 차의 불빛 때문인가 싶어 라이트를 끈다. 그래도 그 자리에서 꼼짝하지 않는다. 내려가서 길 좀 비켜 달라고 통사정하고 싶은 심정이다. 좁은 길이라 덩치 큰 차가 비껴갈 수도 없다. 오로지 노루가 길을 내어 주어야만 지나갈 수 있는 산길이다.

아쉬운 이가 우물 파듯 남편이 불을 밝히며 움직인다. 노루가 또 앞서간다. 우리가 노루의 보호자가 된 것 같기도 하고 노루가 우리의 길 안내자가 된 것 같은 모양새로 걷는다. 밤이 점점 깊어 간다.

어둠 속을 걸어가는 노루의 모습에 어린 내가 겹친다. 외가에 계시는 어머니를 만나기 위해 혼자 밤길을 걸은 적이 있다. 우리 동네에서 두 마을만 지나면 외가가 나왔다. 어머니와 함께 가 본 길이라 무섭지 않았다. 막상 나서고 보니 겁이 났다. 가는 길에 무덤가를 두 번이나 지나가야 했기 때문이다. 무덤이 보이기 시작하자 겁을 떨치기 위해 노래를 불렀다.

마을의 불빛을 보고 숨을 고르며 천천히 걷고 있는데 어른 노랫소리가 앞서가고 있었다. 누군지는 모르지만 내 앞에 사람이 있다는 것만으로도 안심되었다. 술기운을 빌려 큰 소리로 노래하는 이와 일정한 거리를 유지하면서 걸었다. 그 사람이 서면 나도 서고, 걸으면 따라 걸었다. 앞사람만 바라보며 걸으니 무서운지도 모르고 외가에 도착했다.

아직도 노루는 차 앞에서 걸어간다. 남편은 알아서 비켜 줄 때까지 뒤따라가자고 한다. 별 보는 것을 포기한 것일까, 조금 전까지만 해도 조바심을 내던 남편의 모습이 아니다. 콧노래를 흥얼거리며 노루 뒤를 따라간다.

만나고 헤어지는 것이 인생길이라면 의미 없는 만남은 없을 것이다. 어쩌면 노루와의 만남은 바쁘게 가는 길 좀 늦추어 가라는 신호인지도 모른다. 그렇다, 남편은 마음이 어지러울 때마다 별을 보고 싶어 한다. 별을 찾아 나서는 것은 인생길의 길잡이를 찾기 위한 것이 아닐까.

삶의 길잡이별은 하늘에만 있는 게 아니다. 별을 찾아가는 길에도 있다. 어쩌면 내가 모르고 헤어진 별 또한 많을 것이다. 서로의 인연이 닿아 이루어진 만남을 소중히 여길 때, 별은 제 모습을 보여 줄 것이다. 어둠이 깊을수록 별빛은 더 환한 것처럼 인생길 또한 그러할 것이다.

어느덧 노루가 내어 준 길 위에서 별이 있는 어둠 속으로 차는 달려간다.

황토와 고구마

황토를 쉽게 볼 수 있는 곳이 당진이다. 이곳에 살면서 핏기 도는 듯한 기름진 흙이 어떤 것인지를 알게 되었다. 그런 붉은 흙을 보면 고구마를 심고 싶다. 왠지 심기만 하면 황토의 건강한 기운이 고구마를 키우고 영글게 할 것만 같다. 어쩌면 어릴 적 기억 때문인지도 모른다. 내게 고구마는 달콤한 간식이면서 잊지 못할 추억이기도 하다. 황토밭에서 자란 우리 집 고구마는 동네에서 제일 맛있었다.

초등학교에 들어가기도 전의 일이다. 그날은 어머니가 부엌에서 유난히 분주했다. 아랫방 댓돌에는 낯선 남자의 구두가 놓여 있고 그 반짝거리는 구두 옆에 언니의 신발이 나란히 있었다. 신발 앞에서 기웃거리는 나를 어머니가 손짓으로 불렀다. 삶은 고구마를 내밀면서 방에 가져다주라고 심부름시켰다. 문 앞에서 언니를 부르자 대답과 함께 문이 열렸다.

처음 보는 남자가 웃었다. 언니 옆에 앉으며 조용히 고구마 그릇을 내밀었다. 두 사람이 어떤 이야기를 하는지 듣고 오라는 어머니의 당부 때문에 바짝 붙어 앉았다. 언니는 그 남자와 마주 앉아 있을 뿐 말이 없었다. 무슨 말이라도 해야 이 어색한 곳을 빠져 나갈 수 있는데 조용했다. 고구마 냄새를 안은 김이 조용한 방에서 혼자 모락거리고 있었다.

남자가 고구마를 잡았다. 내 눈길도 덩달아 남자의 손에 잡힌 고구마에 갔다. 남자는 내 코앞에 고구마를 불쑥 내밀었다. 체할 것 같은 이 자리에서 먹고 싶지는 않았다. 그렇다고 안 먹겠다고 말하기도 어려웠다. 도움을 청하듯 언니를 쳐다봤다.

엄마처럼 잘 챙겨 주던 언니가 그날은 영 이상했다. 새색시처럼 하고 앉아 방바닥만 보고 있었다. 한마디 해 주길 바라며 언니에게 더 바짝 붙었다. 눈길 한번 주지 않는 언니를 보니 어떻게 해야 할지 몰라 당황해하는데, 남자가 빤히 바라보며 계속 고구마를 먹으라고 재촉했다.

갑자기 무서운 생각에 울음이 터지고 말았다. 남자는 손에 들고 있던 고구마를 내려놓고 왜 우느냐고 하면서 어쩔 줄 몰랐다. 무서워 운다고 말할 수 없어서 더 서럽게 울었다. 언니와 남자는 얼굴을 붉히며 나를 달랬다. 한번 터진 울음이 그치지 않자 당황한 두 사람은 재미있다는 듯 웃었다. 내 마음도 몰라주고 웃는 두 사람이 더 얄밉고 서러워 방을 뛰쳐나왔다.

나를 울렸던 그 남자는 큰형부가 되었다. 그 일 이후로 형부는 고구마만 보면 어린 처제 때문에 생각지도 못한 결혼을 하게 되었다고 이야기한다. 형부는 그날 갑자기 맞선을 보게 되었다. 밤새도록 술을 마시는 바람에 늦게 일어나 속 풀 시간이 없었다. 시내 어느 다방에서 가볍게 볼 줄 알고 그냥 나왔는데, 처녀의 집이라는 말에 술이 확 깨면서 속이 쓰렸다. 여자의 집으로 가는 차 안에서 옷매무시는 고쳤지만, 속까지는 챙기지 못하고 도착했다.

방에서 여자와 단둘이 있으니 어색해서 불편했다. 무슨 말을 할까 생각할수록 속은 쓰리고 배가 고팠다. 그때 마침 어린아이가 김이 모락모락 나는 고구마를 가지고 왔다. 삶은 고구마의 냄새가 새삼 반가웠다. 심부름만 하고 나갈 줄 알았던 여자아이가 방에 자리를 잡고 앉았다. 맞선자리니 점잖게 먹어야 할 것 같아 먼저 어린아이에게 하나를 주고 먹는 게 보기도 좋을 것 같았다.

여자아이에게 고구마를 내밀었다. 그런데 아이가 갑자기 울음을 터트렸다. 놀라 고구마를 그릇에 놓고 달랬다. 아이의 울음이 더 커졌다. 무엇이 잘못되어 우는지 알 수가 없었다. 당황하니 머릿속은 하얘지고 얼굴은 화끈거렸다. 아이의 언니를 쳐다보니 그 여자도 얼굴이 발갛다. 누가 먼저랄 것도 없이 우리는 서로 쳐다보며 웃었다.

우리의 웃음이 멈추지 않자, 울던 아이가 방을 나가 버렸다. 그때부터 분위기는 확 달라져서 화기애애해졌다고 한다. 내가 울지 않았으면 아마 결혼까지는 가지 않았을 것이라고 한다. 속이 아파서 대충 선보고 빨리 집에 갈 생각만 하고 있었다고 형부는 지금도 이야기한다.

그 사연 때문인지는 몰라도 나는 고구마를 참 좋아한다. 그것도 붉은 황토에서 자란 고구마를 즐겨 먹는다. 요즘같이 더울 때는 고구마가 과일만큼 비싸다. 그래도 우리 집 냉장고에는 늘 고구마가 있다. 당진에 살면서 더 자주 먹게 되었다. 황토에서 자란 고구마를 쉽게 만나니 그냥 지나칠 수가 없다.

이곳에 살면서 소원이 하나 생겼다. 나이를 더 먹으면 손바닥만 한 황토밭을 가지는 것이다. 붉은 흙에서 키운 맛있는 고구마를 자식들에게 나눠 주고 싶다. 당진은 일몰만 보기 좋은 게 아니다. 고구마를 키우고 싶다는 꿈도 흙도 붉어서 좋다.

갯벌에서 바지락을 캐며

당진으로 이사 온 지도 어느덧 두 해가 지났다. 아는 사람 없는 이곳에서 힘들어하는 내게 바다는 친구가 되어 주었다. 푸른빛으로 출렁거리는 바다는 고향처럼 편안했다.

이사 오기 전까지, 아니 중년의 나이가 될 때까지 나는 해가 뜨는 동해 바닷가에서 살았다. 재미있는 것은 지금은 해가 지는 서해에서 나머지 인생을 살아야 한다는 것이다. 이곳 당진에서 삶은 빛나는 햇살보다는 홍시 같은 일몰의 시간이 되지 않을까. 고향을 닮은 바다를 보면서 정을 붙이기 시작했다.

같은 바다라도 닮은 듯 닮지 않은 것이 있다. 바로 갯벌이다. 동해에서만 살았던 나에게는 갯벌이 낯설었다. 이사 오기 전까지 갯벌을 품은 바다의 모습을 생각해 본 적이 없었다. 그렇기에 바다를 떠올리면 당연히 파도 소리가 먼저 달려와 귓가에서 철썩거렸다. 파도 소리가 밀려나는 바다가 있다는 것을 이곳에 와서야 알게 되었다. 파도 소리에 잠이 들고 눈을 뜨던 나에게 갯벌은 신비한 마술 같았다.

이사 오자마자 안면도로 캠핑을 간 적이 있었다. 바닷가 솔밭에서 모닥불을 피워 놓고 한참 불구경을 하고 있을 때였다. 옆에서 부지런히 철썩거리던 파도 소리가 점점 멀어지는 것이었다. 누군가 파도 소리가 나오는 스피커 볼륨을 줄이는 것만 같았다. 잘 들리던 소리가 점점 작아지다가 어느 순간 들리지 않았다. 스피커 볼륨을 만지던 이가 소리를 꺼 버린 것처럼 파도 소리가 사라져 버렸다.

우리는 손전등을 들고 파도가 밀려난 조용한 바다로 달려갔다. 어두워서 아무것도 보이지 않는 갯벌을 우리는 소리를 찾아 앞으로 나아갔다. 한참을 가도 소리는 멀리서 희미하게 들릴 뿐이었다. 마치 파도 소리가 어둠 속으로 도망치는 것 같았다. 술래잡기하듯 파도를 찾아 우리도 어둠으로 계속 들어갔다.

남편이 말리지 않았다면 위험할 수도 있을 정도로 우리는 먼 곳까지 갔다. 도망친 파도가 돌아올 때는 순식간에 달려온다며 남편은 우리의 발걸음을 멈추게 했다. 썰려났던 물이 들어오는 것을 내 눈으로 보지 않았다면 아마 남편의 말을 믿지 못했을 것이다. 그때부터 갯벌은 흥미진진한 놀이터가 되었다.

남편과 나는 물때를 알아보고 물이 많이 빠지는 날 바지락을 캐러 갯벌로 갔다. 처음 간 곳이 국화도 갯벌이었다. 바지락 캐러 가는 사람들로 배가 만원이었다. 국화도에 가 보니 먼저 온 사람들로 갯벌이 알록달록한 꽃밭이 되어 있었다. 초짜인 우리 부부는 그만기가 죽었다. 우리가 캘 바지락이 있을 것 같지 않았다.

집에서 호미와 바구니를 챙길 때는 갯벌에 가기만 하면 바지락을 쓸어 담아 올 줄 알았다. 한여름 해수욕장보다도 더 많은 사람이 와 있을 줄은 꿈에도 몰랐다. 우리는 바지락을 캘 엄두도 내지 못하고 사람들 구경을 했다.

가만히 보니 바지락을 캐는 이들의 모습이 제각각이었다. 우리처럼 초짜와 전문가인 고수가 있었다. 겉으로 보이기에도 고수는 복장이 갯벌에서 일하기에 최적화된 차림이었다. 특히 우리 시선을 잡은 것은 궁둥이에 붙어 있는 휴대용 의자였다.

우리 부부는 고수 같은 한 할머니 곁에 가서 슬쩍 옆에 앉았다. 역시 자루에 바지락이 그득했다. 우리는 호미질을 하면서도 자꾸 할머니 쪽으로 힐끔거렸다. 거짓말 조금 보태서 할머니는 바지락을 쓸어 담고 있었다. 그만큼 손놀림이 빨랐다. 그러면서도 초짜인 우리를 알아보고는 손짓으로 한 곳을 알려 주었다.

고수가 찍어 준 자리에 말 잘 듣는 학생처럼 찾아가 앉았다. 그때부터 우리도 바지락을 구경할 수 있었다. 호미질할 때마다 바지락이 나왔다. 진흙이 묻은 바지락은 돌멩이와 비슷해서 알아보기가 어려웠다. 캐 놓고도 그냥 지나치는 것이 많았다. 나만 그런 것이 아니었다. 다른 사람이 파헤쳐 놓은 곳에 가 보면 진흙팩을 한 바지락이 얌전하게 누워 있었다.

팔이 아플 때쯤이 되자 눈에 바지락이 익숙해졌다. 바지락 캐는 재미에 팔 아픈 건 참을 수 있었다. 정말 참을 수 없는 건 다리였다. 다리가 저려서 쪼그리고 앉아 있을 수가 없었다. 그때서야 고수의 궁둥이에 얌전하게 붙어 있던 의자의 존재가 크게 다가왔다. 다리 아픈 우리는 어쩔 수 없이 일찍 철수했다.

바지락의 맛은 끝내주었다. 양이 적어 손톱 크기의 작은 바지락도 버리지 못하고 가지고 왔다. 그 작은 바지락을 삶아 보니 살이 올라 통통했다. 식당에서 먹었던 바지락 칼국수에 있던 조개 맛이 아니었다. 우리가 캔 바지락은 고소하면서 달콤했다.

짠 바닷물 먹고 자란 바지락이 달다는 것을 그날 처음 알게 되었다. 진달래꽃 필 때 캔 바지락이 가장 맛있다는 할머니의 말이 무슨 뜻인지 알 것 같았다. 갓 삶은 바지락에 소주 한잔이 갯벌에서 안고 온 근육통을 말끔히 씻어 주었다. 그 맛에 우리는 갯벌을 주말농장 가듯 찾아갔다.

우리가 자주 가는 곳은 도비도항 갯벌이다. 섬이 아니라서 배를 타지 않아도 되기 때문이다. 어느덧 우리의 모습은 고수를 닮아 간다. 서부영화의 총잡이처럼 완벽한 모습으로, 갯벌에서 많이 놀아 본 사람처럼 엉덩이에 빨간 의자까지 차고 씩씩하게 걸어간다.

이젠 바지락도 눈에 잘 들어온다. 팔이 아플 때가 되면 호미질은 남편이 하고 나는 바지락을 주워 담는다. 남편과 나는 손발이

척척 맞다. 6년 동안 주말부부 했던 우리는 바지락을 캐면서 조금 더 가까워졌다. 결국, 당진으로 이사를 와서 새로 사귄 친구가 남편이다. 새 친구인 남편은 주말마다 나와 놀아 준다고 바빠졌다.

갯벌에 가면 나는 남편 말을 참 잘 듣는다. 물이 들어올 때는 순식간에 들어오기 때문에 아는 사람이라고는 남편밖에 없으니 순한 아이처럼 졸졸 따라다닌다. 밀려 나갔던 물이 들어오는 모습은 마치 조잘대는 참새 떼가 몰려오는 것 같다. 호미질로 생긴 고랑을 따라 들어오는 파도가 엉덩이 밑에서 찰랑거릴 때는 어쩔 수 없이 일어서야만 한다.

갯벌의 또 다른 매력은 멈출 때를 알려 준다는 것이다. 더 캐고 싶어도 밀물이 들어오면 물러나야 한다. 눈앞에 바지락이 있어도 그것은 내 것이 아니다. 더 캐고 싶을 때가 멈출 때라고 얘기하는 듯하다. 욕심을 부리면 위험하다고 그 마음을 멈추게 하는 게 지혜라고 친절하게 알려 준다. 갯벌에서 바지락을 캐면서 삶의 지혜를 배운다.

그런 갯벌이 마치 친정엄마 같다. 고향 갈 때마다 먹거리를 잔뜩 담아 주면서 건강 잘 챙기라고 당부하는 엄마처럼 푸근하다. 타지에서 온 나를 넉넉한 품으로 받아 준 갯벌이 고향처럼 편안하다.

적산가옥 골목길

나에게 바다는 소리로 그려진다. 구룡포에서 살았던 나는 파도 소리를 듣고 잠을 자고 또 눈을 떴다. 그만큼 파도 소리에 익숙하다. 생각만 해도 벌써 파도 소리가 몰려와 귓가에서 부서지고 오늘처럼 마음이 출렁이면 고향 바닷가 구룡포에 간다.

구룡포에는 적산가옥 골목이 있다. 적산(敵産)은 자기 나라의 영토 안에 있는 적국의 재산을 말한다. 우리나라에 있는 적산가옥은 모두 광복 후 일본인이 남기고 간 것들이다. 구룡포에 있는 적산가옥도 일본인의 흔적이 남아 있는 집들이다. 지금은 그 골목길이 '구룡포 근대문화역사 거리'로 깨끗하게 꾸며져 있다. 파도 소리가 골목 안으로 밀려들어 왔다.

적산가옥에 살았던 일본인들은 대부분 어부였다. 그들은 바다를 먹고 사는 이들이었다. 따뜻한 고향을 등진 데는 다 사연이 있을 것이다. 그때의 일본은 작은 씨고기까지 잡아 버린 탓에 고기가 마를 때였다. 상황이 그렇다 보니 멀리 나가서 새로운 어장을 찾을 수밖에 없었다.

풍부한 어류를 따라 이역만리로 온 그들은 구룡포에 발이 묶이고 말았다. 동해는 고래를 비롯한 고등어, 정어리, 삼치, 오징어 등의 보고였다. 금맥이 흐르는 노다지에 찾아온 것이었다. 가난한 이들이 맛본 만선의 흥분은 삶의 터전을 흔들 정도로 강력했다. 소문은 순식간에 퍼져 하루가 다르게 사람들이 몰려들었다.

일본인들이 들어오면서 구룡포의 모습은 달라졌다. 공원 주변의 골목에 일본식 2층 목조 가옥이 늘어났다. 지금 내가 걷고 있는 골목길이 바로 그들이 살았던 거리이다. 골목은 집과 집을 이어 주는 길이다. 그 골목을 걸으면 사람 사는 모습을 가까이에서 볼 수 있고, 그들의 이야기를 온몸으로 들을 수 있다. 담이 아닌 문을 통해 이야기꾼을 만난 느낌이다.

일본인들이 정착할 수 있었던 것은 이곳이 고향과 같은 어촌이었기 때문이다. 그들은 서로를 바라보는 것이 아니라 바다를 함께 바라보는 어부였기에 같이 사는 길을 선택했다. 한배를 타고 바다에 나가는 순간 생사를 같이하는 공동체가 되었다. 문제가 생겼을 때 바로 옆 사람의 손길이 가장 절실하기 때문이다.

방파제 완공으로 구룡포는 호황을 이루었다. 만선의 깃발을 펄럭이며 들어오는 배가 줄을 섰고, 그 배를 맞이하는 사람들로 부두는 시끌벅적했다. 활기가 넘치는 이들의 바쁜 손길 따라 풍요가 넘실거렸다. 생선 비린내와 돈 비린내가 연일 진동했다. 돈 냄새를 맡고 온 사람들과 뱃사람들로 일본 가옥이 있는 골목길은 인산인해였다. 개가 지폐를 물고 다닌다는 말이 생길 정도로 경기가 좋았다.

구룡포는 가난했던 일본인 어부들에게 새로운 기회를 준 고마운 곳이었다. 그들은 힘들게 번 돈을 일본으로 보내는 것이 아니라 평생 살 곳인 구룡포에 투자했다. 수십 년을 산 그들에게 그곳은 고향이나 마찬가지였다. 자식을 낳아 키우면서 여유롭게 늙어 가길 원했다.

그런데 해방이 되자, 그들의 상황이 달라졌다. 일본의 패망으로 그들에게는 갈 곳이 없어졌다. 일본인 2세들에게 고향은 일본이 아니었다. 구룡포에서 태어나서 구룡포만 아는 그들에게 일본은 연고도 없는 낯선 곳이었다. 버틴다고 버틸 수 있는 처지가 아니었다. 그 어디에도 그들이 기댈 곳은 없었다. 떠나라는 차가운 명령만 온 골목을 휩쓸고 있었다. 그들의 말을 들어 주는 이도 없을 뿐만 아니라 하소연할 곳도 없었다.

도망자처럼 몸만 겨우 챙겨서 등 떠밀리듯 그들은 떠났다. 구룡포로 다시 돌아오리라는 한 가닥 희망이라도 품어야만 길을 나설 수가 있었다. 모든 재산을 두고 배에 올랐다. 고향을 떠나는 그들은 뿌리가 뽑히는 절망감으로 휘청거릴 수밖에 없었다. 안개 낀 바다에 떠 있는 것처럼 한 치 앞도 가늠할 수 없는 내일이 두렵기만 했을 것이다.

세상에 쉬운 삶은 없다지만 가진 것 없이 쫓겨나는 사람들만 하겠는가. 시시각각으로 변하는 바다 앞에서는 속수무책이었다. 그날따라 바다가 사납게 울부짖는 바람에 어린아이와 여자들은 멀미로 널브러졌다. 목숨을 걸고 그들은 바다를 건너갔다. 어찌 보면 그들도 전쟁이 낳은 또 다른 모습의 피해자인지도 모른다.

그들이 놓고 간 골목길에는 미처 챙겨 가지 못한 삶의 조각들이 내려앉아 있다. 적산가옥의 골목길은 바다로 향해 있다. 그들에게 골목은 바다로 나아가는 길이다. 그들이 다시 이 길로 돌아오기까지는 오십 년이 걸렸다. 죽기 전에 고향 땅을 한 번이라도 보고 싶다는 염원이, 걷기도 힘든 몸을 구룡포로 이끌었나 보다.

그들처럼 나도 골목 끝에서 고향의 바다를 만난다. 포구에서 쉬고 있는 낡은 배 한 척의 모습이 처연하다. 가족을 위해 열심히 일한 뱃사람의 뜨거운 숨소리가 들리는 듯하다. 그들의 피와 땀이 바다에 얼마나 많이 뿌려졌던가. 가쁜 숨을 몰아쉬면서 밤을 태웠을 그들의 모습을 상상해 본다. 적산가옥 골목길에서 만난 그들의 삶도 우리가 품어야 할 이야기이다.

그들이 만든 길에는 바다 비린내가 나는 역사가 있고, 그 역사 속에는 이방인의 애환이 녹아 있다. 나는 적산가옥 골목길을 걸으면서 새로운 길을 생각한다. 길에서 길을 찾는 내 그림자 위로 파도 소리가 젖은 길 하나를 낸다.

감정 배설

내 얼굴이 억제하고 있는 동안
궁둥이는 모름지기 폭발하고 있다
하하

나는 내 얼굴이 때때로
궁둥이여서
불안할 때가 있다

정현종 시인의 「얼굴에게」라는 시다. 느낌은 밝음이지만 속을 들여다보면 어둡다. 그 어둠을 이렇게 익살스럽게 표현한 시를 만나면 읽는 재미가 있어 즐겁다. 얼굴과 궁둥이가 하는 일 중에 같은 것은 폭발하는 것이다. 특히 궁둥이가 하는 폭발은 모두 몸 안에 둘 수 없는 불필요한 것이다. 그래서 우리는 화장실이라는 공간을 만들어 그곳에서 궁둥이가 마음껏 폭발하도록 해 준다.

그런데 얼굴은 궁둥이처럼 폭발하는 장소가 따로 있는 것이 아니다. 얼굴은 사람이라는 대상 앞에서 폭발하는데, 그것이 좋을 때도 있고 문제가 될 때도 있다. 시인이 폭발이라는 언어를 사용한 것을 보면 아마 얼굴이 하는 것은 화인 듯하다. 화는 폭발하면 할수록 사람이 크게 다친다. 어쩌면 얼굴의 폭발이야말로 화장실 같은 특별한 장소가 필요하다.

한때 얼굴이 폭발할 때가 있었다. 늦둥이 막내를 키울 때였다. 공처럼 통통 튀는 아이와는 달리 나는 만성 피로에 시달렸다. 그러다 보니 누가 살짝 건들기만 해도 화가 툭툭 튀어나왔다. 특히 막내아들에게 자주 폭발했다. 점점 세지는 화에 폭발물이 터지듯 버럭 소리를 질렀다. 그렇게 폭발하고 나면 아들한테 미안해지고 엄마 노릇 제대로 하지 못하는 내가 싫어졌다.

그때의 나는 움직이는 화약고였다. 아무래도 내 몸에 문제가 있는 것 같아 병원을 찾아갔다. 육아 스트레스로 인해 갑상샘에 문제가 생겼다고 했다. 다행히 약 먹을 정도는 아니고 스트레스 관리만 잘하면 괜찮아진다는 말을 듣고 나왔다.

그때부터 도서관을 다니기 시작했다. 아이만 키우던 주부가 혼자 조용히 쉴 곳을 찾기란 쉽지 않았다. 내가 좋아하는 것, 아이 때문에 하지 못한 것을 생각해 보니 책이었다. 마음 편하게 책 한 장 읽을 여유 없이 살았다는 것을 알았다.

나를 위해 도서관에 갔다. 자판기 커피 한 잔을 마신 후 다양한 책들을 구경하면서 여기저기 기웃거렸다. 마음이 가는 시집을 찾아 읽었다. 그러다 졸리면 책상에 엎드려 잠깐 자기도 했다. 아이를 키우는 엄마가 아닌 학생이 된 기분이었다. 그렇게 몇 시간을 도서관에서 쉬고 나면 몸과 마음이 가벼워졌다. 통통 튀는 아들처럼 나도 같이 통통거릴 수 있을 것 같았다.

건강을 위해선 평소에 감정 배설을 자주 하는 게 좋다. 감정을 억눌렀다가 한 번에 폭발하는 것보다 그때그때 부드럽게 표현하는 것이 스트레스 관리에 도움이 된다. 억눌린 감정은 사라지는 게 아니라 물때처럼 가라앉아 있기 때문이다. 물때를 청소하듯 감정을 부드럽게 배설하는 자기만의 방법 하나쯤은 가져야 한다.

나는 도서관에 다니면서 마음에 여유가 생기기 시작했다. 여유가 생기니 감정 배설이 예전보다 부드러워졌다. 얼굴이 궁둥이가 될까 봐 불안하지도 않았다. 시인은 이미 감정 배설을 지혜롭게 하는 듯하다. 배설을 잘하는 사람의 여유가 시를 해학적으로 쓸 수 있게 한 것 같다. 함부로 화를 내지 말라는 말을 이렇게 품위 있게 하는 정현종 시인이 참 멋지다.

오늘도 나는 부드러운 감정 배설을 위해 도서관으로 간다.

프레드릭처럼 살기

2020년 새해는 하얀 쥐띠 해다. 경자년이 되니 쥐가 주인공인 그림책『프레드릭』이 생각난다. 내용은 수다쟁이 생쥐 가족 이야기다. 예술가의 기질이 있는 독특하고 매력적인 프레드릭을 만나는 즐거움이 있는 책이다.

주인공은 겨울을 보낼 양식으로 햇살과 색깔 그리고 이야기를 모은다. 그렇게 모은 햇살, 색깔, 이야기를 가족에게 나누어 준다. 나도 프레드릭처럼 좋은 것을 나눠 주는 사람이 되고 싶다. 그래서 올해의 목표는 이야기를 나눠 주는 것으로 정했다.

목표를 달성하기 위해서는 먼저 이야기를 모으는 것부터 해야 한다. 모으기 위해서는 이야기가 만들어지는 곳을 찾아가야 할 것이다. 프레드릭이 모은 이야기는 가족 이야기였다. 가족 곁에서 이야기를 모았기 때문에 당연한지도 모른다. 평범한 자신들의 모습을 시 그리고 이야기로 탄생시킨 것에 감동하는 모습이 인상적이었다.

나 또한 먼 곳으로 떠날 필요는 없다. 내 곁에 있는 사람, 자주 만나는 이가 이야기의 소재이자 독자이다. 그들을 만나는 것이 나에겐 새로운 여행이며 탐험인 셈이다.

새해가 되면 꼭 이루고 싶은 것을 작성하는 게 오래된 습관이다. 계획을 세울 때마다 빠지지 않는 것이 있다. 책 읽기와 여행이다. 연말 결산을 해 보면 책 읽기는 매번 성공하는데 여행은 하지 못했다. 몇 해를 구체적으로 쓰다가 작년에는 뭉뚱그려 여행 자주 가기로 적었다. 가까운 곳이라도 자주 가고 싶었다.

생각과는 달리 자주 가지 못했다. 어쩌면 자주 갔지만 기억하지 못할 수도 있다. 기억할 수 없다는 것은 괜찮은 여행이 아니었다는 것이다. 연말이 되어 '자주'라는 단어 때문에 더 씁쓸했다. 그래서 올해는 그냥 여행하기로 정했다. 한 번을 가도 목표 달성이 되는 것으로 바꿨다.

생각하기에 따라 여행은 언제 어디서나 쉽게 할 수 있다. 새로운 것을 만나는 행위 자체를 여행이라고 생각한다면 나도 많이 한 편에 들어간다. 책과의 만남은 매 순간 새롭다. 책을 읽는 동안 나는 순간이동을 한 것처럼 새로운 세상으로 들어간다. 호기심이 가득한 세상이 나를 자극하고 심장을 뛰게 한다. 이런 것이 여행이 아니라면 과연 여행에서 우리가 느끼고 얻고자 하는 것은 무엇일까?

어떤 이는 자신을 잊기 위해 여행을 떠난다고 하고, 또 어떤 이는 자신이 누구인지 알기 위해서 여행을 떠난다고 얘기한다. 나는 책을 읽을 때는 나를 잊고 다 읽고 나면 나를 생각하게 된다. 그래서 내겐 책 읽기가 여행이다. 여행할 때 드는 비용과 시간을 생각한다면 책 여행은 끝판왕이다. 여권 비자 없이도 해외여행이 가능하다는 말이 아재 개그처럼 들린다.

쥐띠 해의 목표는 생쥐 프레드릭처럼 살기이다. 이야기를 모으기 위해 여행을 하고, 돌아오면 사람들에게 나눠 주는 시간으로 열두 달을 채우고 싶다. 프레드릭과 가족이 먹을 것도 부족한 겨울을 따듯하게 보낼 수 있는 것은 서로 사랑하기 때문이다. 이야기하는 마음과 들어 주는 마음에 온기가 있기에 서로에게 힘이 된 것이다.

결국은 프레드릭처럼 살기 위해서는 내 안에 사랑이 살아 있어야 한다. 그 사랑이 나를 살리고 다른 이의 마음도 데워 줄 것이다.

멸치

멸치는 내 보양 식품이다. 입맛이 없을 때면 멸치부터 찾는다. 고추장에 푹 찍어 먹으면 금방 입맛이 돌아온다. 가끔은 드라마를 보면서 심심풀이 오징어를 씹듯 멸치를 먹는다. 한번 먹기 시작하면 온 집 안에 냄새가 진동할 때까지 손에서 놓지 않는다.

멸치 냄새가 좋다. 멸치를 먹으면 마치 바닷가에 있는 듯 기분이 좋아진다. 고향 바다가 떠오르며 귓가에 파도 소리가 들려온다. 가슴에서 추억이 하나둘 물보라를 일으킨다.

초등학생이던 여름 어느 날이었다. 집 앞 바닷가에 멸치 떼가 나타났다. 그것을 처음 본 누군가의 탄성에 온 동네 사람들이 바닷가로 뛰어갔다. 얕은 바닷물에 멸치 떼가 춤을 추고 있었다. 사람들이 첨벙거릴 때마다 멸치들이 이리 몰리고 저리 몰렸다. 마치 거대한 물고기 한 마리가 헤엄치는 듯했다.

뜻밖에 찾아온 멸치 떼에 모두 흥분했다. 동네 사람들의 즐거운 함성이 파도와 함께 철썩거렸다. 그렇게 많은 멸치는 그때 처음 보았다. 저마다 손에 크고 작은 소쿠리를 들고 멸치를 건졌다. 멸치가 너무 많아 어린아이 손에도 쉽게 잡혔다. 바닷가라 해도 멸치

구경하기가 쉽지 않은 동네에 그날의 멸치는 깜짝 선물이었다.

집집이 식구들이 다 나와 잡아도 줄지 않던 멸치가 어느 순간 사라졌다. 언제 멸치가 있었느냐는 듯이 어둡던 물밑이 훤해졌다. 멸치 떼는 다시 먼바다로 돌아가고 있었다. 방향을 바꾼 검은 그림자가 물속으로 사라지고 미처 따라가지 못한 몇 마리가 허둥대고 있었다.

어른들은 멸치가 담긴 통을 챙겨 집으로 돌아갔다. 바닷가에는 손에 그릇을 쥔 어린아이 몇 명이 남아 있을 뿐이다. 나도 혹시나 하는 마음에 모래밭에 앉아 기다려 보았다. 멸치는 나타나지 않았다.

집에 들어서니 멸치 삶는 냄새가 구수했다. 이웃집에서도 같은 냄새가 담장을 넘어왔다. 멸치는 삶을 때 간을 잘해야 맛있다며 어머니는 분주했다. 하루 반나절을 기다린 끝에 멸치가 밥상에 올랐다. 물에서 바로 건져 삶은 멸치라 그런지 말라도 살아 있는 듯 싱싱해 보였다. 멸치 등에 바닷빛이 그대로 남아 있었다. 그 맛을 무엇에 비할까. 제아무리 맛있는 생선을 구워도 그때의 멸치 맛보다는 못할 것이다.

몇 년 전 여름 친정에 갔을 때였다. 휴가차 친정에 온 언니들과 나는 바닷가에서 이런저런 이야기를 나누었다. 시간이 어느 정도 흘렀을까, 밀려온 파도 끝에 은빛으로 파닥이는 것이 있었다. '멸치다!'라는 큰언니의 말에 우리는 벌떡 일어났다. 언니들과 나는 아이처럼 소리치며 부지런히 멸치를 주웠다.

동네에 젊은 사람이 없어 그런지 우리가 아무리 웃고 떠들어도 나오는 이가 없었다. 멸치 떼는 우리 식구 차지가 되었다. 물가 모래밭에서 파닥이는 것도 잠시였다. 주울 사이도 없이 다시 파도에 쓸려갔다. 한 마리도 놓치지 않으려고 멸치가 밀려오면 모래밭으로 밀어 올렸다. 멸치 떼는 계속 밀려왔다. 오랜만에 언니들과 나는 어린 시절로 돌아간 듯 즐거웠다.

멸치는 어머니의 손을 거쳐 우리 집으로 왔다. 반가운 마음에 한 마리를 덥석 입에 넣었다. 모래가 씹혔다. 이럴 수가, 다른 것도 마찬가지였다. 많이 줍고 싶은 마음에 욕심을 부린 탓이었다. 우리는 파도가 쓸어 가려는 멸치를 모래에 묻다시피 했었다. 그때 멸치 아가미에 모래가 들어갔나 보다. 결국, 대가리를 떼고 가루 내어 양념으로 썼다. 모래가 씹혀 아쉽기는 하여도 그것 또한 멸치에 얽힌 소중한 추억이다.

얼마 전 골다공증 검사를 했다. 약 먹을 정도는 아니고 멸치를 많이 먹으라는 의사의 말을 들었다. 괜찮다는 말보다 멸치를 많이 먹으라는 말이 더 반가웠다. 멸치가 냉동실에서 당당하게 식탁 위로 나왔다.

멸치에서 고향 냄새가 난다. 어릴 적 모래밭에서 소꿉놀이했던 친구의 얼굴이 떠오른다. 이름도 한 번 불러 본다. 잘 살고 있는지 궁금하다. 오늘따라 멸치가 구수하다. 추억에 찍어 먹으니 속까지 든든하다.

파스

어머니는 꼬부랑 할머니다. 지팡이가 없으면 걷기가 불편할 정도다. 어머니는 외할머니의 허리도 굽었기에 남들보다 일찍 굽어지기 시작했을 때 집안 내력이려니 했다. 그것이 골다공증을 알리는 낌새라는 것을 전혀 몰랐던 것은 살기에 바빠 자기 몸을 돌볼 여유가 없었기 때문이다.

내 기억 속의 젊은 어머니는 항상 손에 호미를 들고 밭에서 일하고 있었다. 아픈 모습을 본 적이 없다. 그만큼 어머니는 식구들 앞에서 불편한 내색을 하지 않았다. 언제나 자식들에게 괜찮다는 말만 입버릇처럼 했다. 앞만 보고 사는 내 눈에는 굽기 시작한 어머니의 허리가 선뜻 들어오지 않았다. 할미꽃처럼 굽은 허리가 되었을 때 눈에 들어왔다.

골다공증은 허리에서 나타나 무릎으로 번져 갔다. 미련할 정도로 입이 무거운 허리와는 달리 무릎은 영악했다. 조금만 무리를 해도 사정없이 쑤셔 댔다. 어머니는 하루가 멀다 하고 파스를 붙였다. 아픈 무릎에는 파스가 자식보다 효자 노릇을 했다. 그렇게 하고도 어머니는 쉴 때마다 아픈 무릎을 우는 아이 달래듯 손으로 어루만졌다. 시간이 지날수록 파스도 말을 잘 듣지 않았다.

칠순 고개를 넘을 때부터는 마냥 착하기만 하던 팔꿈치까지 성질을 부렸다. 무릎은 아프면 걷지 않으면 되었지만, 팔은 상황이 달랐다. 팔꿈치는 아파도 쓸 수밖에 없었다. 손이 부지런해야 복을 받는다는 말을 믿었던 어머니는 잠시도 손에서 일을 놓지 않았다. 그런 어머니를 지탱해 준 뼈가 더는 버틸 수가 없다며 여기저기에서 울었다. 마치 그동안 참았던 눈물인 양 뼈에 물이 생겼다.

어머니는 아들이 귀한 집에 들어왔다. 오자마자 주어진 일은 아들을 낳는 것이었다. 어머니는 어른들의 기대를 저버리지 않았다. 첫딸을 낳은 후 아들 둘을 달아 낳았다. 할 일을 다했다는 안도감도 잠시, 갓 태어난 둘째 아들을 손 한번 써 보지 못하고 허망하게 잃었다. 어머니는 다시 아들을 낳겠다며 임신했지만 내리 딸만 셋을 낳았다.

어머니가 여섯 번째로 해산을 하던 날이었다. 불안한 어머니와는 달리 아버지는 아들을 낳을 것이라고 굳게 믿었다. 좋은 꿈을 꾼 아버지의 기대와는 달리 딸을 낳자, 아버지는 눈을 크게 떠서 다시 보라고 재촉했다. 딸이라는 말에도 몇 번을 더 물었다. 같은 대답을 들은 아버지는 딸이 적어 더 보태는 거냐고 대문을 걷어차고는 나가 버렸다.

딸을 낳아 죄인이 된 어머니는 첫 미역국도 먹지 못한 채 허한 마음과 몸을 끌어안고 흐느꼈다. 나는 그날 그렇게 어머니의 막내 딸로 태어났다.

어머니는 나를 낳고 편히 쉬지 못했다. 농사를 비롯하여 자식들을 거두는 것에만 신경을 썼다. 가족의 생계가 달린 농사는 하루도 미룰 수가 없었다. 아이들을 위해서라도 더 열심히 일했다. 어머니에게 있어 자식과 농사는 놓을 수 없는 짐이었다. 그 짐의 무게에 눌려 뼈는 점점 줄어들었다.

어머니의 골다공증은 이젠 더 우려낼 것이 없다고 뼈가 아우성치는 것이다. 어머니는 그 소리를 무시했다. 자기 몸보다는 자식을 먼저 생각했다. 딸들이 시집가 임신하면 아들을 낳아야 한다며 딸보다 더 긴장했다. 그뿐만이 아니었다. 산후조리를 할 때면 딸들이 자신을 닮아 혹여 허리라도 굽을까, 한약을 먹으라는 둥 흑염소가 좋다는 둥 걱정 어린 소리를 곧잘 했다.

내가 첫딸을 낳았을 때였다. 어머니는 나를 보자마자 대뜸 첫 미역국을 먹었느냐고 물었다. 나를 낳고 굶은 것이 생각난다며 눈시울을 붉혔다. 그때의 서러움이 어머니에게는 지워지지 않는 멍울이 되었나 보다.

내 어릴 적 어머니들은 등에 아이를 업고 일했다. 집집이 아이들이 많았던 그 시절, 종일 어머니의 등에는 갯바위에 붙은 따개비처럼 어린 자식이 붙어 있었다. 팔순을 바라보는 내 어머니의 몸에는 지금도 따개비가 붙어 있다. 올망졸망하던 자식들 대신 파스가 여기저기 다닥다닥 붙었다.

마흔을 훌쩍 넘긴 내게도 파스가 옆에 있다. 입시생인 딸을 위해 먹는 시간과 잠을 줄여 가며 기도했다. 꼬박 한 달을 그렇게 하고 나니 모든 관절이 엄살을 떨더니 급기야 허리가 앙탈을 부렸다. 이젠 하늘에 구름이 조금만 무거워져도 허리가 내일 비 온다고 칭얼댄다. 그런 날이면 어머니처럼 파스에 손이 간다.

파스 냄새에서 어머니가 느껴진다. 언제나 어머니 방에서 나던 냄새, '어머니' 하고 방문을 열면 와락 얼굴을 감싸던 냄새, 병원 가보라고 잔소리하게 만들던 냄새, 이젠 내 뼈를 달래는 어머니의 손길 같아 코가 매운 냄새.

내 나이만큼이나 아픔을 겪은 어머니를 생각하니 가슴에 찬바람이 들어와 마음이 시리다. 뼈보다 마음에 먼저 골다공증이 생긴다는 것을 이제는 알았다. 나도 어머니처럼 파스를 붙인다.

오리장림에 들다

숲에 들었다. 5리 길에 걸쳐 울창한 숲을 이루었다 하여, 이름 붙여진 자천리 오리장림(五里長林)이다. 장림은 살아 있는 나무 박물관이다. 느티나무, 회화나무, 시무나무, 해송, 느릅나무, 굴참나무, 풍개나무, 팽나무, 말채나무, 왕버들나무가 하늘을 가렸다.

유월의 숲은 그네를 타듯 바람에 일렁인다. 초록을 입에 문 싱그러운 바람이 나뭇잎에 앉아 재재거리고 흰나비 같은 햇살이 점점이 떨어진다. 수면 위에 잔물결이 일듯 내 마음에 초록이 일렁거린다. 나무가 만든 푸른 그늘에 들어서니 청명한 기운이 나를 감싸안는다.

숲의 기운을 믿어 해마다 동제를 올렸던가. 수백 년 이어 온 생명의 순환이 숲을 만들고 그곳에서 제를 올린 덕분에 자천리는 무사 안녕을 이어 왔다. 여린 풀에서부터 아름드리나무까지, 그리고 나무에서 탄생하는 모든 생명에는 영혼이 깃들어 있다고 옛사람들은 생각했다. 그 뜻을 후세에 알려 보전하고자 숲 가운데에 '화북면민안녕기원비'를 세우고 제단을 정비했다.

숲을 거닐다 보니 눈에 띄는 나무가 있다. 세 그루의 나무가 맞붙어서 한 덩이가 된 연리목이다. 뿌리가 서로 다른 줄기가 맞닿아서 한 나무처럼 자라는 것을 연리목이라 한다. 세 그루 중에 가운데 있는 나무만 느티나무이고 양옆에 있는 두 나무는 회화나무이다.

한눈에 봐도 나무의 색깔과 생김새가 다르다. 회화나무는 검게 탄 숯덩이처럼 어두운 잿빛이면서 껍질이 촘촘하게 갈라졌다. 가운데 있는 느티나무는 먼지를 덮어쓴 것 같은 회백색이다. 회화나무 두 그루는 땅에서 대여섯 뼘의 높이까지 서로 살을 딱 붙이고 있다. 마치 둘은 한편이라고 말하는 것 같다. 느티나무는 자기도 같은 편이 되게 해 달라고 애원하듯 양옆에 있는 나무와 힘겹게 몸을 붙이고 있다.

위를 쳐다보니 가지들이 서로 뒤엉켜 있다. 어느 것이 회화나무 잎이고 어느 것이 느티나무 잎인지 구별하기가 쉽지 않다. 서로 다른 푸른 잎이 섞여 바람에 흔들거린다.

어쩌다 연리목이 되었을까. 발길이 떨어지지 않는다. 둘러보면 삶에도 연리목처럼 사는 사람이 있다. 질긴 인연 때문에 연리목이 될 수밖에 없는 운명을 가진 이가 있다.

그는 출생부터 심상치 않았다. 늙은 아비는 절을 지어 부처님께 바치고도 모자라 아들만 낳은 남의 배를 빌렸다. 그가 세상에 나왔을 때 배다른 누나가 둘씩이나 있었다. 누나와 그는 모자간이라 해도 믿을 만큼 나이 차이가 있었다. 조카와 한 살 차이가 날 정도였다. 누나의 뿌리가 넓은 땅을 이미 차지한 뒤라 그의 자리는 협소했다. 살기 위해 비좁은 땅에라도 뿌리를 내리려고 그는 안간힘을 썼다.

한 울타리 안에서 배다른 형제의 삶은 평탄치가 않았다. 뿌리가 다른 나무가 함께 자란다는 것은 삶의 자리를 차지하기 위해 치열한 경쟁을 벌이는 일이었다. 서로 스친 곳에 상처가 나고 아물기도 전에 덧나기를 반복했다. 아픈 것을 알면서도 비켜 갈 수 없는 삶이 되었다.

그는 공부하기 위해 도시에 사는 누나 집으로 갔다. 누나는 동생을 데리고 있다는 핑계로 더 많은 재산을 얻었다. 시골에서 보약이 올라오면 누나는 아들 먼저 먹이고 재탕을 그에게 주었다. 그는 눈칫밥을 먹으며 하루하루를 힘들게 버텼다. 칼바람이 부는 벌판에 홀로 서 있는 나무처럼 어디에도 기댈 곳이 없었다.

회화나무 껍질은 솜옷을 입은 것처럼 두꺼운 데 비해 느티나무 껍질은 허물처럼 얇다. 손으로 가볍게 건드리니 느티나무의 비늘이 힘없이 툭 떨어진다. 구멍 사이로 속살이 보이듯 부드러운 속껍질이 드러난다. 느티나무는 허름한 베옷으로 몸만 겨우 가리고 길을 나선 나그네처럼 보인다. 허연 속을 내놓고 매서운 겨울을 어떻게 버텼을까. 봄이 온들 마음껏 가지를 뻗칠 수 있었을까. 평생 일만 한 그의 굵은 손마디처럼 느티나무의 밑동이 울퉁불퉁하다.

느티나무는 건축 자재로 사용될 정도로 성장 속도가 빠르다. 그래서 마을 어귀에 심곤 하였다. 느티나무 한 그루만 있으면 정자가 필요 없었다. 아름드리나무의 무수한 잎이 정자보다 더 넓은 그늘을 만들기 때문이다. 더위에 지친 마을 사람들에게 느티나무는 시원한 품을 내어 주었다. 그도 그렇게 자랐다면 얼마나 좋았을까.

연리목의 느티나무처럼 자란 사람이 바로 내 아버지이다. 회화나무에 휘감긴 느티나무처럼 아버지도 두 누나의 기에 눌렸다. 내가 기억하는 아버지의 두 누나는 거칠었다. 가까이 가기에 어려운 사람들이었다. 엄마가 아들한테 야단치듯 아버지에게 큰소리치는 것을 본 적이 있다. 아버지는 묵묵히 누나들의 잔소리를 들었다.

시간이 흘러 자식이 성장하자, 두 누나는 아버지를 만나러 왔다. 자식의 손을 잡고 찾아온 친정이 다름 아닌 내 아버지가 사는 곳이기 때문이다. 외로웠던 아버지 또한 형제에 대한 그리움을 품고 살았기에 찾아오는 그들이 싫지는 않았을 것이다.

세월이 약이라 했던가. 아물 것 같지 않던 상처도 시간이 지나면 새살이 나듯 날을 세운 마음도 무뎌지기 위해서는 시간이 필요했다. 어쩌면 세 사람 모두 누구를 탓할 수 없는 운명에 연민을 느꼈는지도 모른다. 밀어내기 위해 뻗었던 팔에 힘을 빼고 서로를 끌어안았다. 비로소 진정한 가족이 되는 순간이었다. 연리목도 그러하다.

서로의 상처를 보듬어 안았다. 세 그루의 나무가 희미한 흔적만 남긴 채 절대 떨어질 수 없다는 듯이 한 몸처럼 붙었다. 이미 난 상처에 아파하기보다 치유하는 것이 서로의 삶에 대한 배려임을 안 것이다. 미워하는 것보다 용서해 주는 것이 나를 사랑하는 방법임을 세 그루의 나무는 연리목이 되어 보여 주고 있다.

꽃이 피는 시기가 다른데도 불구하고 열매는 함께 익어 가는 것이 서로를 생각하는 마음 같아 절로 고개 숙여진다. 연리목의 열매가 익는 시월이면 또 다른 이야기가 있을 것이다.

오리장림에는 사람 사는 이야기가 있다. 숲은 사람처럼 크고 작은 상처를 감싸 안고 살아간다. 자연에 순응하며 살아가는 숲을 보면 품이 넓다는 것을 깨닫게 된다. 바다에 내리는 눈처럼 내 삶이 그 품에 녹아 들어가는 느낌이다. 넓은 품에 안겨 있으면 마음의 빗장이 풀리면서 세상과 소통할 수 있는 문을 다시 열게 된다. 숲은 언제나 내가 오길 기다렸다는 듯이 반겨 주고 마음을 다독여 준다.

조용히 눈을 감고 귀를 연다. 숲이 말하는 소리가 들린다. 그 소리는 수백 년의 세월이 우리에게 전하는 생명의 울림이다. 연리목을 품은 오리장림에는 만나고 싶었던 시간과 만나야 할 이야기가 살아 있다.

구걸하지 않는 여자

아직 열리지 않은 은행문 앞에 사람이 누워 있다. 안방이라도 된 듯 코를 골면서 자고 있다.

가까이 다가가 보니 얼굴이 붉다. 술에 취해 자는 것을 몇 번 본 적이 있는 여자 걸인이다. 한동안 보이지 않아 어느 보호 시설에 간 줄 알았다. 어쩌면 시설에서 겨울을 보내고 봄이 되어 다시 거리로 나왔는지도 모른다. 발끝에 놓여 있는 바구니가 텅 비었다. 뒤에 산처럼 서 있는 은행과는 달리 가난한 바구니다. 주머니에 있는 동전 몇 개를 꺼냈다.

돌아서며 지폐가 아닌 동전을 준 것을 후회하는데 누군가의 시선이 느껴졌다. 한 아주머니가 나를 빤히 쳐다보고 있었다. 옆에는 또 한 명의 여자 걸인이 더 있었다. 누워 자는 여자와는 달리 지폐 여러 장이 손에 있었다. 보란 듯이 내게 지폐를 흔들고는 다른 한 손을 내밀었다. 지폐를 달라는 신호였다. 머뭇거리자 더 가까이 다가왔다.

당황한 나는 얼떨결에 천 원을 주었다. 그는 맡겨 놓은 돈을 찾아가는 사람처럼 당당했다. 처음 보는 걸인이었다. 저 사람은 언제부터 이곳에 있었을까. 혹여 잠자고 있는 여자와 함께 시설에서 나온 사람일까. 콧소리에 뒤돌아보니 당당한 모습의 걸인이 자는 걸인을 보며 혀를 찼다.

나도 걸인처럼 구걸한 적이 있다. 거의 매일 신께 많은 것을 달라고 손을 내밀었다. 그러던 내가 지금은 길바닥에 누워 자는 걸인처럼 구걸에 게으름을 피우고 있다.

언제부턴가 성당에 가는 횟수가 줄더니 이제는 가지 않는다. 특별한 이유가 있는 것도 아니다. 크게 부풀었던 풍선이 시간이 지나면 조금씩 꺼지는 것같이 서서히 식어 버렸다. 사실은 이것도 구차한 핑계다. 술에 취한 걸인처럼 나도 엉뚱한 것에 빠졌다.

친구 중에 점집과 철학관에 자주 가는 이가 있었다. 매일같이 만나는 사이가 되면서 점과 사주에 관한 이야기를 자연스럽게 듣게 되었다. 자꾸 듣다 보니 낯설지 않고 어떤 곳인지 궁금해졌다. 내가 믿는 신에 대한 배신 같아 차마 가 볼 수는 없었지만, 차츰 마음이 흔들렸다.

흔들리는 마음은 오래 버틸 수가 없다. 첫째가 고등학생이 되니 아이가 좋은 대학에 갈 수 있는지 궁금했다. 신앙심이 쏙 빠진 자리에 걱정이 가득 채워져 있었다. 학년이 올라갈수록 물어보고 싶다는 마음이 더 강해졌다. 흔들리다 못해 마음에 폭풍이 일어 숨쉴 수 없을 지경이 되었다. 누군가가 한마디만 해 주면 후딱 따라

가고 싶을 정도였다. 그 순간 마음의 담장이 쿵 하고 허물어졌다.

유혹은 귀가 밝다. 믿음에 금 가는 소리를 나보다 더 빨리 들었는지 철학관에 갈 일이 생겼다. 처음에는 얼떨결에 따라가서 제대로 물어보지도 못하고 돌아왔다. 막상 가 보니 별로였다. 한술 더 떠, 더 센 것을 찾았다. 얼굴만 보고도 알아맞힌다는 점집에 마음이 갔다. 담장이 허물어지니 모든 것이 마음대로 들어왔다.

한 번이 어렵지, 두 번 세 번은 쉬운 법이다. 어느 날, 매일같이 보는 이들이 자기들이 간 점집의 무속인이 아이들 공부를 가르치던 선생이었다며 놀라워했다. 신병을 앓다 어쩔 수 없이 신내림을 받았다 하더란다. 언니도 한번 가서 아이의 앞날을 물어보라고 했다. 마음에 바람이 일었다. 지금까지 가 본 곳 중에서 제일 잘 보더라는 말과 함께 전화번호를 내밀었다. 또 허물어졌다. 가슴에 요란한 소리가 난 것과 동시에 번호를 눌렀다.

이번에는 준비하고 가야겠다는 생각이 들었다. 술에 취해 길바닥에 자던 걸인이 습관처럼 동냥 바구니는 잊지 않고 옆에 두듯 나도 그랬다. 아무리 신에 대한 믿음에 금 가고 담장이 무너져도 그 흔적은 남아 있기 마련이다. 십오 년이라는 신앙생활에 기도는 저절로 몸에 배어 있었다. 염치없지만 신께 부탁했다. 다시는 점집에 가지 않도록 듣고 싶은 말을 다 듣게 해 달라고 졸랐다. 근심을 날려 달라고도 떼를 썼다. 기도에서 술 냄새가 나는 것 같았다.

신은 내가 알 수 없는 분이다. 기도를 들어주었다. 무속인이 내가 듣고 싶었던 말을 다 해 준 것이다. 걱정하지 말라는 말과 이런 곳에 올 필요가 없는 집이라며 더는 해 줄 말이 없다면서 먼저 일어나 옷을 탈탈 털며 돌아가라고 했다. 이쯤 되면 다시 신께 돌아가는 것이 당연한데 잘되지 않았다. 어처구니없는 것은 힘들 때마다 조용한 신보다는 내게 말을 해 준 무속인이 더 생각난다는 것이다. 기도는 할 때뿐이다. 술주정이 따로 없다.

살다 보면 가끔은 정신을 놓고 싶을 때가 있다. 나도 맨정신으로는 못 하는 것이 있다. 특히 신앙인으로서는 더 그랬다. 세상살이에서 신을 닮아 간다는 것은 고행 그 자체이기 때문이다. 나는 약골이라 힘든 것은 오래 견디지 못한다. 구걸하지 않는 것을 보면, 걸인도 나처럼 약골인가 보다. 주정을 부리듯 구걸하지 않는 여자의 변명이 길다.

3부

날개 위에 햇살이 쏟아지듯

파도 소리가 그리울 때면 오늘처럼 바다에 오곤 한다.
갈매기처럼 나도 모래밭에 앉아 파도 소리에 귀를 기울인다.
갈매기들이 흰 물보라 같은 배를 보이며 날갯짓을 한다.
느릿한 날갯짓이 여유로우면서도 고고해 보인다.
외로운 갈매기의 날개 위에 햇살이 쏟아진다.

외로운 갈매기

가을 바다, 햇살에 눈이 부시다. 모래밭에 갈매기 떼가 먼저 와 진을 치고 있다. 새들은 약속이라도 한 듯 모두 바다를 향해 앉아 있다. 바다와 마주 앉아 할 얘기라도 있는 모양이다.

갈매기의 눈은 까맣다. 물에 젖은 검은 조약돌 빛깔이다. 까만 눈이 어둠 속에 숨어 있는 고독처럼, 누군가를 그리워하는 눈빛처럼 그윽하다. 접었던 날개를 편 한 마리가 무리를 벗어나 갯바위에 앉는다. 부리를 꽉 다문 채 먼바다를 보는 모습이 깊은 생각에 빠진 듯 외로워 보인다. 갈매기의 부리 끝에서 하얀 물보라가 말을 걸듯 일어난다.

나는 바닷가에서 자랐다. 눈만 뜨면 바다가 보이는 곳에 집이 있었다. 파도 소리는 내게 자장가이면서 잠을 깨워 주는 알람 소리였다. 파도 소리를 듣지 못해 늦게 일어난 날이면 대문을 나서기가 무섭게 갈매기들과 마주쳤다. 마치 기다렸다는 듯이 끼룩거리며 내 머리 위를 날았다. 강아지가 꼬리 흔들며 따라오는 것처럼 내 주변에는 갈매기가 날아다녔다.

집에 돌아온 나는 외롭고 심심했다. 어머니께 야단맞거나 친구들과 싸운 날이면 혼자서 바닷가로 나갔다. 모래를 쌓아 집을 짓고 조약돌을 주워서 소꿉놀이하였다. 갈매기만이 내 모래집 위에서 날개를 편 채 바람을 타고 있었다. 혼자 노는 것이 시들해지면 나는 입을 꼭 다문 채 오도카니 앉아 수평선을 바라보았다.

다행히 나에게는 바다가 있었다. 흰 포말을 그리는 파도가 쉼 없이 내 주위를 서성거렸다. 외로운 내게 말을 걸어 주듯 파도는 재잘거렸다. 갈매기도 날개를 접고 갯바위에 내려앉아 파도가 하얗게 부서지는 것을 보고 있었다. 바다는 갈매기에게도 내게도 외로움을 달래 주는 친구였다. 바다는 여러 몸짓으로 우리에게 다가왔다.

태풍 치는 날도 바다가 무섭지 않았다. 어른들은 파도가 마을을 덮칠까 불안해하였지만 나는 신이 났다. 점점 드세지는 바람에 이끌리듯 아이들은 바닷가로 나갔다. 모래밭의 큰 바위 위에 모여 파도를 기다렸다. 먼바다에서 밀려오는 집채만 한 파도에 눈을 둔 채 숨을 죽였다.

두근거리며 파도가 가까이 오기를 기다렸다. 그러다가 바로 눈앞까지 파도가 달려들어 솟구치면 우리도 덩달아 두 팔을 치켜들었다. 참았던 숨을 토해 내며 와와 소리쳤다. 그 외침에 맞장구를 치듯 바다는 더 빠르게 파도를 몰아 달려들었다. 아이들은 잡힐 듯 말 듯 약을 올리며 도망쳤다. 바다는 놀이동산처럼 짜릿했다.

여름철에는 아예 바닷물 속으로 뛰어들었다. 파도를 타는 것이 아니라 높이 일어서는 물결 속으로 들어갔다. 멀리서 바다가 앞발을 들고 온몸을 일으켜 맹수처럼 달려오면 우리는 그 너울 속으로 들어가 모래 잡기 놀이를 했다. 파도가 몸을 일으킬 때마다 바닥에 있던 모래도 함께 떠올랐다. 그 모래를 많이 줍기 위해서는 너울 속에서 숨을 오래 참고 버텨야 했다.

파도 속에서 숨을 멈추고 있으면 조용하다. 물속에서 눈을 뜨지 못하는 나는 바다를 온몸으로 느끼곤 했다. 물방울이 몸에 닿아 부서지면서 간지럼을 태웠다. 오래 버티지 못하는 나는 썰물이 될 때까지 기다리지 못하고 닫았던 숨길을 열어야 했다. 입을 벌리지 않아도 숨을 쉬기만 하면 바닷물은 콧속으로 들어왔다. 코로 물이 들어오면 저절로 입이 벌어지면서 바닷물을 삼킬 수밖에 없었다. 우리는 물을 먹은 것을 웃으면서 자랑처럼 늘어놓았다.

바닷가의 아이들은 바다를 먹고 자랐다. 여름이면 바다에서 잡을 수 있는 것은 모두 잡아먹고 돌에 붙어 있는 해초까지 따다 먹었다. 바다에서 나는 것은 간이 다 되어 있기에 바로 먹을 수가 있었다. 바다에서 나지 않는 과일도 우리는 바닷물에 씻어 먹곤 했다.

비치볼이 없는 우리에게 사과는 좋은 장난감이었다. 실컷 가지고 논 뒤에 먹는 사과 맛은 소금에 찍어 먹는 초콜릿처럼 짭짜름하면서 달콤했다. 우리에게 바다는 먹을 수 있는 물이었다.

갈매기도 그러했다. 바닷물에 닿을 듯 낮게 날던 갈매기가 부리로 물을 꼭 찍어 먹었다. 매일 마시던 옹달샘처럼 새는 당연하다는 듯이 바닷물을 삼켰다. 어쩌면 갈매기한테 파도는 바람에 흔들리는 나무 같은 것인지도 모른다. 크고 작은 움직임은 있지만, 그 자리에 그대로 있는 바다나 산이 날아다니는 새에게 다를 게 뭐가 있겠는가. 모래밭의 갈매기들을 보면 아무리 큰 파도가 와도 꿈쩍하지 않는다. 그 모습을 보면 산속의 새처럼 느껴진다.

눈만 뜨면 보이는 바다는 항상 그 자리에서 너울거렸다. 산골에 사는 사람에게 산이 익숙한 것처럼 내게는 바다가 익숙한 곳이었다. 멀리 있는 산보다 집 앞에 있는 모래밭에 가기가 쉬웠다. 바다에는 산에서 듣는 바람 소리와는 다른 울림이 있었다. 산에서 부는 바람 소리가 머리를 시원하게 해 준다면 파도 소리는 마음을 시원하게 해 주었다.

파도 소리가 그리울 때면 오늘처럼 바다에 오곤 한다. 갈매기처럼 나도 모래밭에 앉아 파도 소리에 귀를 기울인다. 소리에 마음을 내주면 파도가 내 안으로 들어와 더 큰 파도를 만든다. 파도에 휩쓸려 올라오는 모래알갱이처럼 마음 밑바닥에 가라앉아 있던 말들이 밀물처럼 밀려와 물거품처럼 사라진다.

누군가에게 쏟아내는 말보다 내가 나에게 하는 말이 더 필요할 때가 있다. 내 안의 파도가 잠잠해지자, 갈매기의 느릿한 울음소리가 들린다. 모래밭의 갈매기들이 흰 물보라 같은 배를 보이며 날갯짓을 한다.

가끔은 외로울 필요가 있다. 외로울 때 나에게 말을 건넬 수가 있고 그 시간 속에서 마음이 자라기 때문이다. 잘했다고 파도가 손뼉을 친다. 세상에 외롭지 않은 것은 없다고 말하듯 갈매기는 바람을 타며 바다로 날아간다. 느릿한 날갯짓이 여유로우면서도 고고해 보인다. 외로운 갈매기의 날개 위에 햇살이 쏟아진다.

멀미

멀미할 것 같다. 세상 돌아가는 속도가 하루가 다르게 빨라지고 있다. 아날로그인 나는 그 속도감 앞에서 휘청거린다. 새로운 것에 적응하기가 만만치 않다.

남편이 텔레비전을 없앴다. 거실이 휜해졌다. 어제까지만 해도 텔레비전 보는 사람으로 꽉 찼던 곳이 지금은 물 빠진 갯벌처럼 바닥을 드러냈다. 아이들은 거실에서 방으로 썰물처럼 밀려갔다. 큰 것 하나 없애니 작은 것이 여러 개 생겨났다. 텔레비전 역할을 할 수 있는 기기들이 한두 개가 아니다. 결국, 식구들은 각자 방에서 작은 것을 혼자 보는 꼴이 되고 말았다.

책보다 텔레비전에 길든 아이들한테 남편의 방법은 통하지 않았다. 할 수 없이 나도 휴대전화기로 드라마를 보았다. 손바닥보다 작은 화면을 한참 보고 있으니 머리가 아프고 눈앞이 어지러웠다. 그 옛날의 멀미처럼.

그날 우리는 아침을 먹자마자 작은 목선을 타고 노를 저어서 바다로 나갔다. 남자애 둘이서 노를 바꿔 가며 저었다. 여자아이들은 배 한가운데에 옹기종기 앉아 끊임없이 재잘거렸다. 남자아이들이 물고기를 잡아 회를 쳐 주면 거기에 미역과 채소를 넣어 무쳐서 점심을 먹기로 했다. 번갈아 가며 노를 젓던 두 명이 낚시질은 자신 있다고 큰소리쳤고, 여자애들은 좋아서 손뼉을 쳤다. 그렇게 아이들은 뜨거운 해를 머리에 이고 바다로 소풍을 갔다.

우리는 넓은 갯바위에 도착해서 낚시를 시작했다. 얼마큼 멀리 왔는지 알고 싶어 동네를 쳐다보니, 집들이 줄에 걸려 있는 빨래처럼 허공에 떠 있었다. 먼바다에 온 적이 없는 우리는 동네가 작게 보이는 것이 마냥 신기했다. 남자아이들이 낚시하는 동안 여자애들은 동네를 향해 오지 못한 친구들의 이름을 불러 보았다. 순전히 약 올리기 위해서였다.

큰소리친 것과는 달리 물고기는 한 마리도 잡히지 않았다. 시간이 지날수록 해는 점점 뜨거워졌다. 점심때가 지나자 배가 고팠다. 꼬르륵 소리가 여기저기서 났다. 한 아이가 밥부터 먹자는 말에 또 다른 아이가 조금만 더 기다려 보자며 우리를 달랬다.

여자아이들은 고기만 잡으면 바로 회무침 할 수 있도록 모든 준비를 끝낸 채 기다리고 있었다. 채소와 초고추장을 보니 배가 더 고팠다. 여자아이들은 밥 주위에 둥글게 앉아서 침만 삼키고 있었다. 그날 나는 회를 먹을 생각에 아침도 제대로 먹지 않았다.

갯바위에 철썩거리는 파도 소리가 자장가처럼 들렸다. 여자아이들의 움직임이 둔해졌다. 병아리처럼 쪼그리고 앉아서 졸고 있는 아이도 있었다. 졸음을 떨치기 위해 나는 바위에 붙어 있는 따개비를 숟가락으로 땄다.

시간이 지날수록 소금기가 몸에 붙어 더위는 더 사나워지고 목이 말랐다. 자기가 맡은 것만 챙겨 오는 바람에 물을 가져온 사람이 없었다. 우리는 물이 없어 무생채로 목을 축였다.

한 아이가 바위에 깨지는 파도처럼 밥 먹자고 소리쳤다. 남자아이들은 할 수 없이 낚시를 멈추고 잡은 것을 가지고 왔다. 그들이 내민 것은 작은 물고기 두 마리였다. 일곱 명의 아이들이 사이좋게 한 점씩이라도 먹기 위해서는 고기를 실처럼 가늘게 썰어야 했다. 물고기보다 더 굵은 채소와 그보다 더 넓은 미역을 섞어 무쳤다. 회는 보이지 않았다. 머리를 맞댄 일곱 명의 아이들은 밥을 허겁지겁 먹었다.

다들 허기는 면했지만, 목이 탔다. 맵고 짜게 먹는 바람에 물이 더 생각났다. 수저를 놓자마자 짐을 챙겨 배를 탔다. 노 저을 때마다 배가 휘청거렸다. 이곳으로 올 때는 아이들이 배 한가운데에 앉아 웃고 떠들었는데 갈 때는 배의 양쪽 가장자리에 앉아 손을 바닷물에 담근 채 널브러졌다. 배가 휘청거릴 때마다 몸속에 있는 음식물도 함께 출렁거렸다. 빨리 집에 가고 싶었다.

물결이 눈앞에서 어지럽게 제 몸을 흔들었다. 목덜미에서 땀이 났다. 마을을 보니 집들이 출렁거리는 물결 위에서 위태롭게 커지고 있었다. 어지러우면서 구역질이 났다. 속이 부글거리며 화산이 터졌다. 먹었던 것을 바다에 쏟았다. 뱃멀미하지 않은 아이들도 하나같이 온몸이 발갛게 익어 있었다. 집으로 돌아간 우리는 어른들에게 혼났다.

부지런한 시간은 나를 사십 대의 어른으로 만들어 놓았다. 텔레비전이 없으니 남편도 심심한지 컴퓨터 앞에 앉았다. 벽걸이용 텔레비전에 대한 정보를 검색했다. 이때다 싶어 남편 곁에 바싹 붙어 앉아 쫑알댔다.

며칠 뒤, 우리 가족은 예전의 모습대로 거실에 모였다. 크고 화질 좋은 텔레비전으로 만난 바다는 생생했다. 파도가 심하게 치는 바다를 보여 주는데 내가 거기에 있는 것 같은 착각에 빠졌다. 옆에 있는 아이는 놀이기구 타는 것 같다며 신기해했다. 나는 점점 심해지는 파도에 긴장했다. 나와는 달리 아이는 파도타기 하듯 즐기고 있었다. 어쩌면 나는 즐기지 못하고 버티고 있었기에 멀미가 더 심해졌는지도 모른다.

멀미도 마음먹기 나름인 것 같다. 이제라도 세상의 흐름에 몸을 맡기고 변화에 적응하는 법을 배워야겠다. 멀미에 순응할 때 세상은 재미있는 놀이터가 될 것이다.

복숭아 통조림

마트에서 복숭아 통조림을 발견했다. 빛깔 고운 복숭아 그림이 먹음직스러워 보였다. 복숭아에 눈길이 닿자 입안에 단물이 고였다.

어린 시절, 집으로 가는 길에 나를 유혹하는 것이 있었다. 학교에서 시장을 지나 작은 다리를 건너면 통조림 공장이 산처럼 버티고 있었다. 무섭게 내려다보는 높은 벽과 달리 코를 잡아당기는 맛있는 냄새가 공장에서 흘러나왔다. 세상에 있는 달콤한 향은 다 모아 놓은 듯 진했다. 나는 뿌리칠 수 없는 냄새에 홀려 코를 벌름거리면서 숨을 크게 들이마셨다.

매미가 울기 시작할 때쯤이면 그 공장에서는 복숭아 통조림을 만들었다. 복숭아 통조림을 만드는 날에는 학교 정문을 나서기만 해도 달콤한 향을 맡을 수 있었다. 마음이 다급해진 나는 시장을 지나지 않고 좀 더 빠른 길로 가서 벽에 붙었다. 가만히 있으면 달콤한 냄새가 안개처럼 나를 에워쌌다. 입에 침이 고이게 하는 복숭아 향은 뜨거운 햇살처럼 온몸에 박혔다.

시간이 흘러 통조림 공장에 다니게 되었다. 시내에서 혼자 자취하는 것이 걱정된 어머니가 의논도 없이 집 가까운 곳이라는 이유로 불러들였다. 다니는 회사보다 월급은 적어도 편하게 다닐 수 있다고 했다. 어머니가 해 주는 따뜻한 밥을 먹을 수 있다는 말에 군소리 없이 따르기로 했다.

직장 생활은 만만치가 않았다. 남자들과 일했던 전 직장과는 달리 나이 많은 여성들이 대부분이었다. 나이 때문인지는 몰라도 아주머니들은 책임자에게 업무 전달을 해도 꼭 내게 와서 확인하고 갔다. 같은 말을 여러 번 하는 게 힘들었다.

그뿐만이 아니었다. 상사 중에 목소리가 큰 사람이 있었다. 직원들이 실수하면 불호령을 쳤다. 공장 분위기에 익숙하지 않아 내가 실수를 하는 날이면 어김없이 큰소리가 날아왔다. 몸에 맞지 않은 남의 옷처럼 불편한 분위기 때문에 출근할 때마다 한숨이 내려앉았다. 사표를 쓸까 말까를 고민하던 중 복숭아 통조림 만드는 철이 되었다.

복숭아가 들어오는 날이면 공장은 달콤한 옷을 입었다. 복숭아 철에만 원료 수매가 가능한 과일이라 수확 시기에 맞추어 대량으로 구매했기 때문이다. 늦은 시간까지 쉬지 않고 제품을 만들어야 할 만큼 들어왔다. 달콤한 향기 때문에 괜히 기분이 좋았다. 그런 좋은 시간도 일을 시작하면 끝이 났다. 사무실이 답답해서 일 핑계로 공장 여기저기를 기웃거렸다.

그러다 검사실에도 가끔 가게 되었다. 복숭아 중에는 제품으로 쓸 수 없는 것들이 있었다. 겉보기에는 최상품이지만 속을 보면 그렇지 않은 것이 있었다. 백도는 말 그대로 속살이 희어야 하고 황도는 노래야 했다. 백도 중에 어떤 것은 속살이 흰색이 아닌 붉은색이 섞인 것이 있었다. 그런 것이 나올 때는 검사실 언니가 나를 불렀다.

힘들어하는 나를 옆에서 본 언니는 제품으로 쓸 수 없는 복숭아를 주었다. 아무 생각하지 말고 먹어 보라고 했다. 잘 익어 단물이 줄줄 흐르는 복숭아를 하나 먹으니 거짓말처럼 기분이 좋아졌다. 사람들이 스트레스를 받으면 단것을 찾는 이유를 알 것 같았다. 잘 익은 복숭아가 답답한 가슴을 어루만져 주는 것 같았다. 다 먹고 나니 저절로 웃음이 나왔다. 웃고 나니 뽀송뽀송하게 마른빨래처럼 마음이 가벼워졌다.

여름이 끝나 갈 때쯤, 검사실 언니가 복숭아 통조림을 내밀었다. 먹음직스러운 복숭아 그림으로 멋을 부린 통조림이었다. 깡통 뚜껑을 열자 움츠렸던 단내가 확 올라왔다. 달짝지근한 물에 온몸을 담그고 있는 황도를 건졌다.

노란 것을 한입 베어 먹었다. 소풍날 보물을 찾고 기분 좋게 먹었던 솜사탕처럼 달콤했다. 초등학생 때 공장 옆을 지나며 냄새로만 먹었던 그 복숭아 통조림이었다. 잊고 있었던 기억이 불꽃 터지듯 확 살아났다. 추억이 첨가된 복숭아는 혀끝에서 솜사탕보다 더 부드럽게 녹았다.

내가 이 회사에 다니게 된 것은 다 이유가 있다는 생각이 들었다. 어릴 때, 복숭아 통조림을 먹고 싶어 했던 소망 때문에 지금 내가 이곳에서 일하고 있는 것만 같았다. 나뿐만 아니라 이 공장에 다니는 사람 모두가 그런 것 같다는 생각이 들었다. 그런 마음으로 일하는 아주머니들을 보니 열심히 살아가는 모습이 보였다.

그들의 땀이 눈에 들어왔다. 일해 번 돈으로 자식들 공부시키고, 한 푼 두 푼 모은 돈으로 결혼까지 시키며 기뻐하는 그들이었다. 할머니가 되어도 손에서 일을 놓지 않고 살아가는 그들이었다. 오늘보다 나은 내일을 위해 부지런히 사는 그들의 땀에서 잘 익은 복숭아의 달콤함이 느껴졌다. 사람도 복숭아처럼 익어 간다는 생각이 들었다.

그때부터 나는 힘든 일이 있거나 마음이 울적하면 복숭아가 생각난다. 특히 겨울철에 감기에 걸릴 때는 복숭아 통조림을 찾게 된다. 살아가면서 위로받는 음식이 있다는 것은 행복한 일이다. 몸과 마음이 약할 때 토닥여 주는 복숭아가 있어 힘을 얻는다.

창밖에 매미 소리가 요란하다. 극성스럽게 우는 소리가 더위를 더 부추기는 것 같다. 그런 매미 소리가 오늘은 들어 줄 만하다. 매미가 울어야 복숭아도 익어 가기 때문이다. 복숭아가 품고 있던 자연의 순수한 기운이 내 안에서 바람을 만드나 보다. 시원하다.

친구

여섯 살 아이가 심심하다고 투정을 부린다. 장난감 가지고 놀라 해도 싫단다. 친구가 없어 놀이가 안 된다고 운다. 혼자서 놀 줄도 알아야 한다고 한마디를 하니 더 큰 소리로 운다. 유치원에서 온 지 십 분도 되지 않았다. 오전 내내 친구와 놀았을 텐데 뭐가 그리 아쉬운지, 헛웃음이 나온다.

아들은 친구를 좋아한다. 유치원을 잘 다니는 것도 친구와 놀기 위해서다. 이틀이나 쉬는 주말을 싫어한다. 할 수 없이 학교 운동장에 데리고 갔다. 그곳에서도 아이는 같이 놀 친구를 찾는다고 운동장 구석구석을 다 뒤진다.

공처럼 통통 튀는 아이 뒤에 물먹은 솜처럼 무거운 걸음으로 따라다니려니 죽을 맛이다. 아들은 덥지도 않은지 연방 뒤를 보며 나를 부른다. 나는 뜨거운 바람을 먹으며 뛰어간다. 아들이 친구를 발견했나 보다. 친구를 보고 좋아하는 아들의 모습에서 어릴 적 나를 보는 것 같다.

어린 내겐 장난감이 없었다. 친구들도 마찬가지였다. 가지고 놀 것 없는 우리에서 혼자서 논다는 것은 있을 수 없는 일이었다. 논다는 것은 친구와 있다는 뜻으로 통했다. 혼자라는 것은 놀이에서 제외되었을 때나 아플 때를 말하는 것이었다.

나도 아들처럼 친구를 좋아했다. 그래서 항상 내 곁에는 친구가 있었다. 학교 오가는 길에 놀다 지각한 적도 있었고, 집에서는 숙제할 시간이 없을 정도로 놀았다. 노는 데는 밤낮이 없었다. 끼니때마다 엄마나 언니가 데리러 올 정도였다. 놀 때는 배도 고프지 않았다.

어디 배고픈 것뿐이랴, 아픈 것도 모를 정도였으니 놀이는 진통제였다. 아프다가도 친구가 대문 밖에서 나를 부르면 금세 자리를 털고 일어나 놀러 나가곤 했다. 그렇게 놀고 와서 밤새 끙끙 앓은 적이 여러 번이었다. 지금 생각해 보면 공부를 그렇게 했으면 얼마나 좋았을까 하는 후회가 된다.

우리의 놀이는 계절에 따라 방법이 달랐다. 여름은 바다와 함께 했고 겨울에는 따뜻한 아랫목에서 수다를 떨었다. 특히 여름에는 다양하게 놀 수 있었다. 바다에서 물놀이는 일상적이었고 밤이면 밭에서 과일 서리를 한다고 야단이었다.

간 큰 남자아이들이 앞장서서 과일을 따면 여자들은 그것을 챙기거나 망을 보았다. 복숭아나 토마토를 주로 서리했다. 서리한 과일을 집에 못 가지고 가니 바닷가에서 바닷물로 씻어 먹었다. 짭짜름한 과일 맛이 기가 찼다. 먹고 남은 건 다음 날 물놀이할 때 가지고 놀았다.

어떤 날에는 수박 서리를 했는데, 채 여물 지도 않은 것을 따는 바람에 먹지도 못했다. 낑낑거리며 들고 온 것이 속상해 그냥 버리지도 못했다. 그래서 수박 속을 다 파서 모자를 만들었다. 그 모자를 쓰고 모래밭에서 전투 놀이를 했다. 그때 우리는 남녀 성별 상관없이 같이 놀았다. 남자애들과 같이 딱지놀이며 전쟁 놀이를 했다.

바닷가 아이들은 얼굴이 새까맣다. 매일같이 바닷바람을 맞으며 뛰어놀았기 때문이다. 겨울이 되어도 얼굴은 여전히 까맸다. 우린 원래부터 피부색이 까만 줄 알았다. 그런 얼굴이 하얗게 변한 것은 사회생활을 하면서였다. 우린 서로 뽀얀 얼굴을 보면서 신기해했다.

요즘 내 아들도 얼굴이 까맣다. 유치원 선생님이 어디 좋은 데 물놀이 갔다 왔느냐고 묻는다. 학교 운동장에서 놀아 새까맣게 그을렸다고 하니 배를 잡고 웃는다. 내가 봐도 심할 정도다. 얼굴 때문에 누런 앞니가 희게 보인다. 매일같이 운동장에 가니 검은 얼굴이 반질거리기까지 한다. 아들은 내게 친구 많은 것을 자랑한다. 놀다 만난 아이들은 모두 친구라며 친구가 좋단다.

친구는 놀이터다. 아무리 좋은 놀이터도 같이 놀 친구가 없으면 재미가 없다. 놀이터가 없어도 장난감이 없어도 친구만 있다면 신나게 놀 수 있다. 친구가 바로 재미있는 놀이가 되는 놀이터이기 때문이다. 오늘따라 놀이터가 되어 주었던 친구들이 그립다.

화분밭

어머니는 흐뭇한 표정으로 마당을 내다본다. 마당 한 귀퉁이에는 제각각의 화분이 보인다. 화분이라고 하기에는 생뚱맞은 고무통, 깡통, 플라스틱 상자 따위가 더 많다. 내 눈에는 고물들인데 어머니의 눈에는 재롱부리는 아기처럼 보이는지, 보는 내내 얼굴이 환하다.

"야야, 작년에 저 화분에서 고추를 서 근이나 땄다. 올해도 잘 키웠제."

바람에 살랑거리는 푸른 잎의 모양새가 시원스럽다. 한 몸짓으로 출렁거리는 초록 무리를 보고 있으니 꽃보다 더 곱다는 생각이 든다. 고추, 부추, 상추, 웬만한 채소는 다 있다. 정리 정돈을 잘하는 어머니인지라 식물도 종류별로 가지런하게 놓아 알아보기가 쉽다. 마당에는 모두 먹는 채소가 자라고 있다. 화단에는 도라지꽃이 빽빽하게 피어 있다.

어머니는 농사꾼이다. 팔순을 넘기고도 흙에서 손을 떼지 못한다. 놀고 있는 흙을 보면 그냥 내버려 두지를 못한다. 몇 해 전, 친정 동네에 방파제를 만들었다. 그 바람에 대문 앞에 있던 바다가 멀리 밀려 나가 백사장이 넓어지면서 모래밭에 풀이 자라는 거친 땅이 생겼다. 어머니는 그곳에 있는 돌을 치우고 땅을 일군 후 좋은 흙과 거름을 섞어 밭을 만들었다. 채소는 시원한 바닷바람을 맞으며 싱싱하게 자랐다. 남편은 친정에 갈 때마다 밭이 생기는 것을 보고 장모님의 손은 요술 방망이 같다고 했다.

작년까지만 해도 집에서 조금 떨어진 곳에 밭을 가지고 있었다. 그곳에서 키운 채소로 김치도 담그고 고구마도 캐서 자식들에게 나누어 주었다. 소일 삼아 시작한 것이 날이 갈수록 여러 군데에 만들어졌다.

그만큼 어머니의 손이 많이 가게 되었고, 일하고 나면 몸살이 났다. 오빠가 말려도 소용없었다. 말로는 알았다고 하면서 몰래 농사를 지었다. 조금만 움직이면 채소가 생기는데 노는 땅을 보면 가만둘 수가 없다고 했다. 어머니의 고집을 아는 오빠는 아프지 않을 정도로 조금만 하라고 신신당부했다.

어머니는 오빠의 말을 듣지 않았다. 농사를 짓다 보면 욕심이 생겨 아픈지도 모르고 밭일을 했다. 혼자서 힘들게 일을 하고 나면 몸져누웠다. 급기야 오빠와 형부가 화가 나서 밭에서 캔 고구마를 가져가지 않았다. 자식들이 가져가지 않아야 농사 욕심을 버린다며 시위를 했다. 어머니는 앞으로는 절대 무리하게 일하지 않겠다고 약속을 했다.

그러나 그 약속은 휴지 조각이 되었다. 그 대신 어머니는 아파도 자식한테 말하지 않고 혼자 병원에 다녔다. 뒤늦게 알게 된 오빠가 두 손 두 발 다 들었다며 차라리 마당을 밭으로 만들어 놓을 테니 멀리 있는 것은 남을 주라고 했다. 어머니는 멀리 있던 밭을 모두 남에게 주었다.

"참말로 아깝데, 그 밭에 고구마가 얼마나 맛있는데."

고구마 키우던 밭을 남에게 주고 못내 아쉬워했다. 아깝다는 말을 몇 번이나 하는 것이 마음에 걸려서 내가 주말마다 와서 키워볼까 했다. 어머니가 눈을 반짝이며 기다렸다는 듯이 그렇게 하라고 했다.

너무나 좋아하는 표정에 내가 실언을 했다는 것을 알았다. 주말에 일이라도 있어 제때 못 가면 어머니가 나 대신 일을 다 할 성격이기 때문이다. 몸이 아픈 것은 당연하고 마음고생까지 시킬 수도 있다는 생각이 들었다. 내가 어머니 대신 채소 키운다고 했다가는 오빠에게 야단맞을 것 같아, 시간 내기가 어렵다고 둘러댔다.

마당에 있는 시멘트 깨는 것이 생각만큼 간단하지 않았다. 중장비를 불러야 한다는 말에 어머니는 밭 만드는 일을 포기했다. 그래도 흙 만지는 것은 포기하지 않았다. 이가 없으면 잇몸이라 했던가. 어머니는 화분에다 채소를 키우기 시작했다. 그럭저럭 흙 만지는 재미가 있다며 좋아했다.

시간이 지날수록 화분의 수가 늘어나고 있다. 이제는 들에 있던 밭을 마당에 옮겨 놓은 것처럼 보인다. 친정에 갈 때마다 어머니는 화분밭에서 이것저것을 따고 뽑아서 자식에게 챙겨 준다. 채소를 사 먹는 자식들에게 본인이 키운 것을 주고 싶은 마음, 자식들에게 무엇인가를 먹이고 싶은 마음, 조금은 알 것 같다. 나도 대학생인 딸이 집에 오면 이것저것 먹이고 싶어 부지런 떤다. 그런 내 모습에서 어머니를 보게 된다.

어머니가 일어선다. 마당으로 가는 걸음을 좇아가니 상추 옆에 까만 비닐봉지를 덮어씌운 것이 눈에 띈다. 문 열듯 봉지를 벗기자 미나리가 고개를 쏙 내민다. 노란 상자에 가는 대나무를 휘게 꽂아 봉지를 씌워 손바닥만 한 비닐하우스를 만든 것이다. 어머니는 미나리를 싹둑싹둑 자른다. 우리 부부에게 맛보이기 위해서다.

남편은 초미니 비닐하우스가 신기하다면서 휴대전화기를 꺼낸다. 기록으로 남겨야 한다며 동영상을 찍는다. 옆에서 지켜보는 어머니의 얼굴에 햇살이 앉아 붉은 꽃이 핀다.

햇살 맛

우리 집 김치는 깊은 맛이 있다. 김장할 때 쓰는 재료는 평범하다 못해 허전하다. 남들은 갓이며 굴, 생선을 쓴다고 하지만 우리는 겉절이에 쓸 굴 한 가지만 더 준비한다. 별다른 재료 없이 담근다고 해서 어머니는 '아무렇게나 한 김치'라고 부른다. 그러나 그 김치를 맛본 사람은 한결같이 맛있다며 비법을 묻는다.

어머니에겐 남다른 미각이 있다. 남이 해 놓은 음식도 한 숟가락만 먹어 보면 무엇으로 맛을 냈는지 알아낸다. 나는 짜다, 싱겁다는 정도이지만 어머니는 무엇이 조금 모자라는지도 안다. 식당에서 맛있는 걸 먹으면 다음 날 그것보다 더 맛있게 만들어 내는 어머니의 솜씨 덕분에 우리 집 아이들은 일찍부터 얼큰한 국이나 찌개를 먹고 자랐다.

요리하는 손놀림 또한 빠르다. 내가 한 가지를 만들 동안 어머니는 서너 가지를 거뜬히 만들어 낸다. 그래서 여태껏 집안의 크고 작은 행사를 어머니와 둘이서 해치웠다. 아이들의 돌이며 집들이를 남의 손 한 번 빌린 적이 없다. 짧은 시간에 맛있게 요리를 척척 만드는 어머니가 우렁각시처럼 든든했다.

나도 가끔 어머니의 음식 흉내를 내 본다. 어머니 외에는 맛있다고 말하는 사람이 없을 뿐 아니라 아홉 살 아들은 투덜대기까지 한다. 한번은 어머니가 서울 친척 집에 가고 없을 때였다. 나는 어머니가 오실 때까지 먹을 수 있을 만큼의 육개장을 끓였다. 저녁때는 남편과 아이들이 말없이 잘 먹었다.

문제는 다음 날 아침에 일어났다. 전날 끓인 육개장을 데워 식탁에 올렸더니 아들이 육개장은 어찌하고 뭇국을 주느냐며 새우눈을 해서 나를 보았다. 뭇국이 아니니 먹어 보라고 했다. 맛을 본 아들은 목소리를 더 높이며 '뭇국'이란다. 기가 막혔다. 아무리 내 솜씨가 입에 맞지 않아도 그렇지, 육개장을 어찌 뭇국이라 한단 말인가. 옆에 있던 남편은 한술 더 떠, 뭇국 중에서도 맛없는 뭇국이라며 아들 말에 장단 맞췄다.

어머니 덕분에 가족의 입맛은 까다롭다. 특히 아들 녀석이 만만치가 않다. 나는 음식을 할 때 아들에게 간을 보라고 한다. 아들의 입에서 맛있다는 말이 나오면 그때야 그릇에 담는다.

어머니의 손은 맛을 찾아내는 저울 같다. 맛있는 음식을 만드는데 필요한 재료의 양을 한 번에 알아낸다. 언젠가 내가 한 음식에 간이 맞지 않았을 때 어머니의 손저울은 정확한 소금의 양을 찾아 해결해 주었다. 나는 아직 음식을 맛있게 하는 소금의 양조차 맞출 줄 몰라서 간을 여러 번 봐야만 된다. 언제쯤이면 내 손끝에도 저울의 눈금이 생길까.

어머니가 요리하는 모습은 보는 것만으로도 즐겁다. 도마질조차 리듬이 붙어 맛있는 소리를 낸다. 언젠가 내가 그림이 예쁜 강화유리 도마를 산 적이 있었다. 그 도마를 써 본 어머니는 도마질할 맛이 안 난다며 전에 쓰던 나무 도마를 찾았다. 어머니는 맛있는 음식은 칼끝이 닿는 도마에서부터 나온다고 했다. 유리 도마는 한동안 주방 벽에 액자처럼 걸려 있었다.

분주히 움직이는 어머니의 손저울이 마치 행위 예술을 하는 듯하다. 능숙한 솜씨로 맛을 찾아내는 것을 보고 있으면 절로 군침이 돈다. 그 순간 나는 맛에 홀린 듯 침을 삼키며 구경꾼이 된다. 어머니의 손에서 나오는 맛있는 소리가 우리 집의 아침을 연다. 밥상 앞에 모인 식구들의 눈이 반짝인다. 맛있게 먹는 표정이 마치 얼굴에 햇살이 내려앉은 듯 환하다.

우리 가족에게 아침 햇살은 어머니이다. 자신을 태워 그 열과 빛을 세상에 주는 해처럼 어머니도 우리에게 식지 않는 사랑을 나누어 준다. 해가 세상을 고루 비추듯 어머니도 그러하다. 항상 맛있는 것을 하면 며느리 셋에게 똑같이 준다. 누구 한 명이라도 무엇이 먹고 싶다고 하면 어머니는 그것을 넉넉하게 만들어 세 명 모두에게 나눠 준다. 김장도 예외는 아니다. 올해는 아예 집집이 다니며 며느리네 김칫독을 꽉꽉 채워 주었다. 자식에게 맛있는 것 해 주는 게 취미생활이라고 말하는 어머니의 사랑이 참 따스하다.

문득 햇살은 무슨 맛일까, 궁금해진다. 내가 사는 곳에서 해는 매일 깊은 바다에서 떠오른다. 그 모습이 마치 바닷물로 세수하고 나오는 것처럼 보인다. 바다에 반짝이는 금빛 조각들이 그 흔적일 것이다. 그렇게 매일 바닷물로 세수하다 보면 짠맛이 배지 않을까. 아마 햇살 맛은 따끈하면서도 간이 잘된 짭짤한 맛일 것이다. 가족을 위해 정성껏 음식을 만드는 어머니의 손맛처럼….

줄다리기

밤 열 시, 집 안 공기가 싸늘하다. 팔짱을 낀 채 양반다리를 한 남편이 시위하는 사람처럼 보인다. 띠라도 두른 듯이 표정 또한 굳어 있다.

불과 몇 시간 전이었다. 세상모르고 자는 남편을 보자 화가 치밀어 올랐다. 왜 나만 아이들과 씨름해야 하나 싶어서 흔들어 깨웠다. 잠귀가 밝은 남편은 화들짝 놀라며 일어났다. 얼굴을 외면한 채 아이 셋 돌보느라 고생하는데 잠이 오느냐고 물었다. 내심으로 나를 위로해 주겠지 하며 기대했다.

남편은 휑하니 거실로 나가 버렸다. 마음에 구멍이 뻥 뚫리더니 바람이 들어와 서늘했다. 화를 내는 남편을 보자 서운함도 있었지만, 괜히 깨웠나 싶은 생각도 들었다. 늦도록 잠들지 않는 막둥이 뒤를 따라다니면서도 눈은 자꾸 남편에게로 갔다. 남편은 텔레비전에 눈을 두고 있었다. 그 모습을 보니 수그러지던 화가 다시 치밀어 올랐다.

들으라는 듯이 발로 문을 꽝 차면서 요란하게 닫았다. 누가 이기나 한번 해 보자는 마음으로 나는 입을 닫았다. 남편도 말을 걸지 않았다. 침묵 속에서 두 사람의 팽팽한 줄다리기가 벌어졌다.

고향에서는 정월 보름이면 줄다리기 행사를 했다. 그날은 이른 아침부터 징과 꽹과리 소리가 온 동네를 누비고 다녔다. 그 소리에 장단을 맞추기라도 하듯 동네 개들도 일제히 짖어 댔다. 동네 사람들은 운동회를 하는 것같이 마음이 들떴다.

동네 줄다리기는 마을 가운데에 있는 다리를 중심으로 위쪽 마을과 아래쪽 마을로 편을 갈랐다. 오후 세 시가 되면 모래밭으로 어른, 아이 모두 나왔다. 나는 위쪽 마을에 살았다. 위쪽 마을 어른들은 동네 제당이 있는 우리가 이겨야 한 해 동안 마을이 편하다고 믿었다. 아래쪽 마을 어른들은 자기들이 이겨야 한다고 했다. 동네에 있는 대부분 어선은 아래쪽 사람들의 것이었다. 아랫마을이 이긴 해에는 만선이 자주 되었기에 그러했다.

이런저런 이유로 줄다리기하는 날은 어른들 간에 신경전이 벌어졌다. 평상시에는 잘 지내던 마을 사람들이 그날은 한 치도 양보하지 않았다. 아이들도 덩달아 말싸움을 했다. 온 동네 사람들이 편을 나누어서 싸우는 듯했다.

서로 이기려고 하는 마음에 반칙할 때도 있었다. 반칙은 주로 아랫마을에서 했다. 동네 모래밭에는 크고 작은 바윗돌이 있어, 아래쪽 사람들이 작은 바윗돌에 줄을 묶곤 했다. 반칙을 막기 위해 서로 사람을 보내어 감시해도 소용이 없었다.

아래쪽만 반칙한 것은 아니었다. 바위가 없는 위쪽도 가끔은 트럭에 줄을 묶었다. 반칙 때문에 싸움이 벌어지기도 했지만, 두고두고 할 얘깃거리가 되어 사람들을 즐겁게 했다. 어찌 보면 반칙은 놀이의 흥을 더해 주는 추임새와도 같았다. 반칙이 없어 오히려 줄다리기가 싱겁게 끝난 적도 있으니 말이다.

지금 우리 부부처럼 말하지 않는 것은 잘하는 싸움이 아니다. 말을 하지 않는 것은 평화를 가장한 고도의 신경전이다. 이것이 사람을 더 지치게 한다. 한마디만 하면 잡고 있던 줄을 놓을 수 있는데, 나는 자꾸 눈치만 살핀다. 남편은 줄을 놓을 마음이 없는 것 같다. 승패가 날 것 같지 않은 줄을 계속 당기고 있는 것만 같아 힘이 든다. 남편도 지쳐 보인다.

부부싸움에도 반칙이 필요하다. 어린 아들의 손을 빌리기로 마음먹는다. 부탁을 들은 아이는 고개를 끄덕이며 웃는다. 생글거리는 아들의 뒤에 붙어 남편이 있는 방으로 간다. 빤히 쳐다보는 남편에게 아들이 마음을 전해 준다.

"엄마가, 미안하대. 아빠도 미안하지?"

아들은 잡고 있던 내 손을 남편에게 내민다. 남편도 그제야 웃으며 내 손을 잡는다.

살다 보면 싸움할 때가 있다. 그때마다 아들의 손을 빌릴 수는 없는 일이다. 앞으로는 시간제한을 두자고 남편에게 제의한다. 운동경기를 보면 선수 보호 차원의 시간제한이 있다. 우리 부부는 하루를 넘기지 않기로 마음을 맞춘다. 이야기를 듣고 있던 아들이 한마디 한다.

"또 싸우려고?"

연기

눈물이 난다. 눈을 뜰 수가 없다. 기어이 되돌릴 수 없는 일이 생기고 말았다. 후회한들 이미 드러난 것은 감출 수가 없다. 어린 시절 생솔가지를 태울 때처럼 맵다. 인생은 그리 호락호락하지가 않아 한 번씩 이렇게 매운 눈물을 준다. 그 눈물을 오래전 경험하지 않았던가.

아마 열 살 겨우 넘었을 때쯤이었을 것이다. 여자아이 셋이 산으로 갔다. 겨울바람에 말라 푸석거리는 들을 지나 서로 어깨동무하고 있는 산으로 새처럼 쫑알거리며 들어갔다. 손에는 찐 고구마와 낫을 들었다. 처음 들어 보는 묵직한 낫이 가슴을 뛰게 했다. 내가 진짜 어른이 된 것 같아 우쭐해졌다.

우리는 큰일을 앞에 놓고 숨을 고르듯 적당한 산을 골랐다. 나무를 베다 주인한테 걸리면 호되게 야단맞을 수 있기에 잘 살펴야 했다. 깊은 산은 무섭고 사람이 다니는 길가 산은 너무 훤해 피하는 것이 좋다. 지나가던 사람이 나무하는 것을 보고 혼낼 수도 있기 때문이다. 나는 친구들을 데리고 우리 산으로 갔다. 그곳은 위치가 좋고 온종일 해가 있어 나무할 때도 따뜻했기 때문이다.

산에 나무하러 온 것이 처음이 아니었다. 전에는 주로 솔가지와 솔방울을 주웠다. 어느 날 친구가 죽은 소나무를 베면 한꺼번에 다 가질 수 있다고 했다. 그 말을 듣고 낫을 들고 산에 온 것이다. 우리의 생각과 달리 산에서 죽은 나무 찾기가 쉽지 않았다. 숨을 헐떡거리며 산을 헤맸지만, 눈에 띄지 않았다. 나무는 우리를 비웃기라도 하듯 푸르게 산을 지키고 있었다.

한 친구가 생솔가지를 베자고 했다. 집에서 며칠을 말리면 땔감으로 쓸 수 있다면서 먼저 낫으로 솔가지를 베기 시작했다. 가지 부러지는 소리가 겨울잠 자는 산을 깨웠다. 그 소리에 놀란 우리는 숨을 죽이고 인기척이라도 있을까 봐 기다렸다. 아무 일도 일어나지 않았다. 그제야 마음 놓고 이야기를 하면서 낫질을 할 수 있었다.

나는 솔방울이 많이 달린 나뭇가지를 보고 낫을 잡은 손에 힘을 주었다. 왼손잡이라 낫질이 서툴렀다. 잘하는 친구들을 보니 마음이 다급해졌다. 급한 마음에 양손으로 나뭇가지를 잡아 힘껏 흔들어서 부러뜨렸다. 처음에는 욕심에 큰 가지를 잡았지만, 쉽게 부러지지 않아 포기하고 가늘고 작은 가지를 분질렀다.

아이들이 부러뜨릴 수 있는 가지는 많지 않았다. 마음에 드는 것은 높은 곳에 있어 손이 닿지 않았다. 그렇다고 해서 만만한 것이 흔하게 있는 것도 아니라 까치발을 해서 솔가지를 잡고 힘을 써

야 했다. 너무 힘들어 잠시 쉬면서 친구들이 한 것을 보았다. 나보다 훨씬 많았다. 손이 야무진 둘은 가져가는 것이 걱정될 정도로 많이 꺾어 놓았다.

일은 잘하지 못하면서 쉬자는 소리는 내가 먼저 했다. 우리는 찐 고구마를 먹었다. 집에 돌아가 어른들한테 칭찬 들을 것을 생각하면서 대견스럽다는 듯이 서로를 쳐다보았다. 쉬고 나니 피곤해서 그만하고 싶었다. 두 친구에게 나뭇가지를 하나씩 얻어서 적당히 묶었다. 나무를 머리에 이고 마치 어머니가 된 것처럼 어른 걸음걸이를 흉내 내면서 집으로 왔다.

어머니는 나를 보자마자 불같이 화를 냈다. 어린것이 겁도 없이 낫을 가지고 산에 갔다고 혼을 내면서 솔가지를 함부로 베면 경찰이 잡아간다고 겁을 주었다. 어른들도 자기네 산에 있는 나무를 함부로 베지 못한다고 했다. 이장네 딸이 사고 치고 다닌다며 벽에 기대고 있던 빗자루의 모가지를 움켜잡고는 콩 타작하듯 내 머리를 두들겼다. 놀란 나는 소낙비 피하듯 손으로 머리를 감싸며 냅다 밖으로 줄달음쳤다.

정말 몰랐다. 우리 산의 나무는 모두 우리 것인 줄 알았다. 경찰이 잡아간다는 말이 무섭기도 했지만 다른 한편으로는 섭섭했다. 어머니를 도와주기 위해 낫질을 해 가면서 땔감을 구해 왔는데 애써서 해 온 것을 내팽개쳤기 때문이다. 어머니는 내가 해 온 땔감을 아무 데나 내버려 두었다. 혹여 누가 보고 신고할까 봐, 나무를 볼 때마다 겁이 났다.

다른 사람이 보기 전에 빨리 누렇게 마르길 바랐다. 자고 일어나면 세수하기 전에 솔가지부터 보았다. 어찌 된 것이 죽어서도 푸르렀다. 마르라는 솔가지보다 내 속이 더 빨리 누렇게 말라 갔다. 더는 기다릴 수가 없었다. 아무도 없을 때 아궁이에 넣어 태워 버리기로 마음먹었다.

드디어 집에 혼자 있게 되었다. 추운 날 뜨거운 물이 있으면 좋을 것 같아 가마솥의 뚜껑부터 열었다. 솥에 물을 가득 채우고 마른 솔가지를 아궁이에 넣어 불을 피웠다. 솔방울도 던져 넣어 주니 불꽃이 춤을 추었다. 잘한다고 칭찬하듯 온몸을 붉게 흔들어 주었다.

생솔가지를 분질러 넣자 불꽃이 멈추어 버렸다. 놀란 불은 비명을 지르듯 연기를 만들었고, 매운 연기는 탈출구를 찾듯 아궁이 밖으로 뛰쳐나왔다. 생솔가지를 넣으면 연기가 많이 난다는 것을 미처 몰랐다. 사나운 연기가 부엌 구석구석을 헤집고 다녔다.

매운 연기 때문에 눈물이 자꾸 흘렀다. 눈물 콧물 범벅이 된 채로 생솔가지를 아궁이에서 꺼내고 솔가지와 솔방울을 넣었다. 아궁이의 불꽃이 다시 춤을 추자, 이번에는 생솔가지의 솔잎만 넣어 보았다. 또 불꽃이 시들해지면서 연기를 토해 내기 시작했다. 눈물이 나니 엉뚱한 오기가 생겨 누가 이기나 한번 해 보자는 마음으로 옆에 있는 것을 모조리 아궁이에 쑤셔 넣었다. 미친 듯이 연기가 날뛰고 나는 울면서 도망쳤다.

삼십 년이 훌쩍 지난 이야기다. 그때 사고치고 나가서 깜깜한 밤이 되자 부모님 몰래 집으로 들어왔다. 어머니 몰래 밥 챙겨준 언니의 입을 빌리자면 연기를 본 이웃들이 집에 불난 줄 알고 한바탕 난리를 피웠다고 한다.

연기는 무엇을 태울 때 난다. 마치 삶이 연기 같다. 생솔가지를 태우면 매운 것처럼 생속을 태울 때도 마음이 아파 눈물이 난다. 지금도 나는 하루에 몇 번씩 생솔가지를 넣는 실수를 저지른다. 그러다 보니 내 삶은 아직도 매운 연기로 자욱하다.

뿌리

별난 밥상이 있다. 딱 한 번 먹었을 뿐인데 오래도록 마음에 뿌리를 내린 음식이다. 내린 뿌리가 굵어지기라도 하는지 시간이 지날수록 더 생각난다.

중학교에 들어가면서 알게 된 친구가 있었다. 학교 근처에 사는 친구는 수업이 끝나면 집으로 나를 데리고 갔다. 소란스러운 참새처럼 한창 수다를 떨 때쯤 친구 어머니가 돌아오곤 했다. 친구의 어머니는 물일을 하는 해녀였다. 잡아 온 해산물은 보는 것만으로도 신기하고 즐거웠다. 농사짓는 우리 집과는 완전히 분위기가 달랐기 때문이다.

어느 날, 그 집에서 저녁밥을 먹게 되었다. 친구의 어머니는 배를 타고 먼 곳까지 가서 물일을 했다. 해가 산 너머로 자맥질할 때쯤 바다 비린내를 안고 대문으로 들어섰다. 바닷물이 뚝뚝 떨어지는 자루를 마당에 내려놓기가 무섭게 허겁지겁 저녁 밥상을 차렸다. 시간이 없어서 그런지 김치도 없는 허전한 밥상이었다. 사람 수만큼의 밥그릇만 덩그렇게 있었다.

김이 나는 흰밥 옆에 콩나물 같은 게 눈에 띄었다. 반찬이라고는 그것 하나뿐이었다. 한입 먹어 보니 생각보다 맛있고 시원했다. 먹으면서 자세히 보니 콩나물 몸통은 하나도 없고 뿌리만 한가득 있었다. 보통은 콩나물 뿌리는 버리고 몸통만 먹는데, 친구네는 뿌리만 잔뜩 모아 반찬을 만들었다. 생전 처음 먹어 본 그 맛이 어찌나 맛있었던지 밥을 두 그릇이나 먹었다. 급하게 차린 밥상 앞에서 미안해하던 친구 어머니가 내 식성에 환하게 웃던 모습이 아직도 눈에 선하다.

장날, 반찬가게를 지나다가 긴 칼로 콩나물의 뿌리를 자르는 것을 보았다. 뿌리는 한곳에 모아 놓았다가 버린다고 했다. 친구의 어머니는 시장에서 버리는 콩나물 뿌리가 아까워서 반찬을 만든 것 같다. 한 푼이라도 아끼기 위해 콩나물 뿌리를 얻어 왔는지도 모른다.

그 어머니는 뿌리 같은 삶을 살았다. 몸통 같은 육지를 버리고 바다 밑 뿌리까지 내려가서 일했다. 친구의 어머니가 온몸에 딱 달라붙는 검은 물옷을 입으면 그림자처럼 보였다. 몸은 사라지고 어두운 그림자만 남아서 걸어가는 것 같았다. 친구 어머니는 살집이라고 하나 없는 마른 체형이었다. 그런 어머니의 뒷모습은 찬바람에 휘청거리며 말라 가는 겨울 갈대처럼 가냘팠다. 그 몸으로 깊은 바다에서 물일을 하는 게 걱정될 정도였다.

허리에 찬 무거운 납덩어리가 어머니의 걸음을 더 휘청거리게 하는 것 같았다. 한편으론 그 무거운 납덩어리가 왠지 바람에 날아갈 것 같은 가냘픈 어머니를 땅에 있도록 잡아 주는 것처럼 보였다. 어린아이 몸무게만큼 나가는 무거운 납덩어리를 허리에 차고는 땅에 서 있기도 버거운 몸으로 친구의 어머니는 바다에 들어갔다.

그 어머니가 짊어진 삶의 무게는 어떠했을까. 살기 위해 바다에서 숨을 멈추고 물밑으로 가라앉지 않았을까. 스스로 틀어막은 숨이지만 참고 일하는 게 쉬운 일은 아니었을 것이다. 그래도 멈출 수 없는 것은 허리에 주렁주렁 매달린 납덩이 같은 자식들 때문인지도 모른다. 홀몸으로 자식들을 품어야 했기에 매일같이 물밑 뿌리로 내려갔을 것이다.

그 어머니의 머리카락은 항상 물에 젖어 있었다. 물일을 하고 집으로 돌아오면 먼저 하는 것이 수돗물로 몸을 대충 씻는 거였다. 머리를 말릴 새도 없이 해산물을 통에 담고 뒷정리를 했다. 그럴 때마다 머리에서 떨어진 물이 발자국처럼 흔적을 남겼다. 물이 없으면 살 수 없는 뿌리처럼 친구의 어머니한테서는 늘 물비린내가 났다.

식물은 뿌리가 없으면 살 수 없다. 살기 위해 맨 처음 하는 것이 뿌리내리기다. 물을 찾아 아래에서 더 아래로 해가 들어오지 않는 어두운 곳으로 들어간다. 줄기를 위해 꽃을 피우기 위해서 열매를 키우고자 남이 알아주지 않는 낮은 곳으로 내려간다. 뿌리는 시원한 바람도 햇살도 아닌, 목마름을 달래 줄 한 방울의 물을 바랄 뿐이다. 부지런히 일하면 할수록 자신을 밟고 일어서는 몸통의 무게는 더 묵직해진다. 그 무게를 견디기 위해 뿌리는 쉬지 않고 일한다.

살기 위해서는 강해야 한다. 뿌리는 사람처럼 깨끗한 물만 마시지는 않는다. 깨끗한 물에 뿌리가 있는 것이 아니라 여러 뿌리를 거쳐 온 물이 맑아지는 것이다. 어머니도 마찬가지이다.

자식을 위해서라면 아무리 험한 일이라도 마다하지 않는 친구의 어머니처럼, 평생 흙을 만지며 육 남매를 키운 내 어머니처럼, 품 안에 자식을 둔 어미는 질기게 살아간다. 뿌리인 자신이 부지런히 일해야만 자식이 꽃을 피우고 열매도 맺을 수 있다는 것을 너무나 잘 알고 있기 때문이다. 바닷물로 삶을 이어 가는 친구의 어머니도 살아남기 위해 차가운 물밑에서 숨길을 틀어막고 몸부림쳤던 뿌리였다.

친구가 먹은 것은 단순한 뿌리가 아니었다. 자식을 위해 평생 짠 바닷물을 먹고 산 어머니의 사랑이었다. 자식을 키우는 지금에야 친구 어머니의 뿌리 같은 삶이 보인다. 그래서인지 그 음식이 세월이 지날수록 더 선명하게 떠오른다.

서리

딸기를 보면 떠오르는 얼굴들이 있다. 붉은 딸기와는 달리 풋내 나던 유년 시절의 친구들이 생각난다.

딸기가 익는 오월은 유혹의 계절이었다. 과일이 귀한 때라 딸기의 단내는 벌레뿐만 아니라, 어린 우리의 마음도 흔들었다. 단내가 밤낮으로 아이들을 꼬드기던 어느 날 아침, 친구들이 나를 마을 공터로 불렀다. 울상이 된 아이들은 나를 보자마자 내 바로 위의 언니를 찾았다. 밭에서 몰래 딸기를 따 먹다가 언니에게 들켰다고 했다. 딸기밭 주인한테 일러바친다는 언니의 말에 걱정되어 찾아온 것이었다. 아침 대신 겁을 잔뜩 먹고 온 친구들이 어미 잃은 새끼 고양이처럼 애처로웠다.

언니가 고자질하기 전에 먼저 찾아가서 자백하라고 했다. 싫다는 친구를 설득하기 위해서 내가 대신 앞에 나서서 이야기해 주겠다고 큰소리쳤다. 딸기밭 근처에 가지도 않은 내가 그렇게 해 준다는 말에 아이들은 용기를 냈다. 친구들은 모두 내 그림자 속에 숨은 채 뒤따랐다.

아저씨는 무섭게 화를 냈다. 며칠 전에 일어난 복숭아 서리 사

건 때문에 우리를 더 야단쳤다. 작은 것을 눈감아 주면 더 큰 일을 저지른다면서 겁을 주었다. 고개를 푹 숙이고 눈물을 흘리며 긴 시간 동안 꾸중을 들었다.

친구들이 잘못한 것은 맞지만, 자백하면 쉽게 용서받을 줄 알았다. 꾸중을 듣고 있자니 살짝 기분이 상했다. 뒤를 돌아보니 바로 등 뒤에 있을 줄 알았던 친구들이 멀리 떨어져 있었다. 내가 잘못해서 야단맞고 친구들은 그냥 따라온 것 같은 모양새였다.

그제야 오해받고 있다는 것을 알았다. 억울해서 나는 먹지 않았다고 하니 그때부터 아저씨의 야단이 다시 시작되었다. 꾸중 듣기 싫어서 거짓말한다고 딸기밭 주인은 더 화를 냈다. 속상해서 크게 울자, 친구들이 나는 정말 먹지 않았다고 이야기했다. 야단친다고 지친 그에게 내 억울함은 이미 유통기한이 지난 음식처럼 관심을 받지 못했다. 아저씨의 귓속으로 들어가지 못한 말들은 먼지처럼 희미하게 마당을 뒹굴 뿐이었다.

아저씨는 부모님과 이야기할 것이니 돌아가라고 했다. 잘못했으니 부모님께 말하는 것은 참아 달라고 매달렸지만, 소용없었다. 여름 뙤약볕 아래서 운다고 우리는 파김치가 되었다. 딸기 구경도 못 한 내가 왜 이런 고생을 하나 싶어 화나고 또 따라온 것을 후회했다. 일이 잘되지 않고 더 커지는 바람에 마음이 무거워졌다. 부모님께 혼나는 것이 무서워 집에 가지 않기로 했다. 우리를 잘 챙겨 주는 동네 언니네로 갔다.

방에 앉자마자 우리는 울기부터 했다. 이유를 묻는 언니에게 한 친구가 쥐약을 달라고 말했다. 그 순간 다들 놀라 울음을 멈추고 친구 얼굴을 쳐다봤다. 초등학생이 못 하는 말이 없다며 언니는 웃으면서 눈을 흘겼다. 친구는 울면서 계속 쥐약을 찾았고, 언니는 집에 쥐약이 없다는 말만 반복했다. 그 친구를 보면서 우리는 또 울었다.

우리가 불쌍해 보였는지 동네 언니는 저녁을 차려 주었다. 울 때는 몰랐는데 밥을 보니 갑자기 배가 고팠다. 쥐약 먹고 죽겠다던 친구가 제일 먼저 숟가락을 들었다. 다들 며칠 굶은 사람 같았다. 나는 아침이라도 먹었지만, 친구들은 딸기 몇 개 훔쳐 먹은 것이 다였다. 종일 굶었던 참이라 밥을 보자마자 정신없이 먹어 댔다. 여럿이 같이 먹으니 밥맛이 좋았고, 배가 부르자 웃음도 나왔다.

쥐약 찾던 친구가 이제는 아저씨가 말한 복숭아 서리한 사람을 찾아 경찰에 신고해야 한다고 열을 올렸다. 그 일 때문에 우리가 더 혼났기에 가만히 있으면 안 된다면서 복숭아 서리의 내막을 이야기했다.

며칠 전이었다. 파도가 짐승처럼 울부짖었다. 굵은 빗줄기에 흠씬 두들겨 맞은 바다는 마을을 향해 성질을 한껏 부렸다. 잿빛 이불을 뒤집어쓴 마을은 파도가 잠잠해지길 기다렸다. 태풍의 기세가 한풀 꺾이자 사람들은 모래밭으로 갔다. 애 어른 할 것 없이 대나무로 만든 장대를 들고 파도에 밀려온 미역을 건지기 바빴다. 그날은 미역 외에도 푸른 과일이 모래밭에 널브러져 있었다. 설익은 복숭아였다. 먹지 못하는 복숭아의 숫자가 생각보다 많아서 동네가 술렁거렸다.

이웃 마을에서 복숭아 서리한 녀석을 찾는다고 사람이 온 적이 있었다. 과수원 주인은 심증은 있어도 물증이 없어 범인을 찾지 못하고 돌아갔다. 그 복숭아가 어처구니없게도 바닷가에 모습을 드러낸 것이다. 사람들은 할 말을 잃었다. 혹여 자기 자식이 사고 쳤을까 봐 걱정하면서도 한편으로는 궁금해하는 눈치였다. 소문 끝에 범인이 드러났다.

동네에서 장난기 많기로 소문난 중학생 남자아이 서너 명이 자루를 들고 한밤중에 과수원에 가서 복숭아를 땄다. 마음껏 따기 위해서 달이 뜨지 않는 날을 골라 한 것이 문제였다. 너무 깜깜해서 과일이 익었는지 알 수가 없어 무조건 큰 것을 손에 넣었다. 밝은 곳에서 보니 대부분이 풋과일이었다. 먹지도 못하고 그렇다고 서리한 것을 아무 곳에나 버릴 수도 없어 바다에 있는 갯바위에 매달아 놓았다. 복숭아를 바다에 숨기자마자 태풍이 기다렸다는 듯이 고자질한 것이었다.

친구의 이야기가 끝나자 언니는 밤이 깊었다며 집으로 돌아가라고 했다. 가지 않겠다고 버티자 쫓아내듯 등을 떠밀었다. 우리는 한숨을 푹푹 쉬면서 집으로 갔다. 집은 조용했고 아무 일도 일어나지 않았다.

다음 날, 우리는 환한 얼굴로 모여 어제 일을 이야기하며 웃고 떠들었다. 나는 어느 순간, 공범자가 되어 있었다. 농촌에서 자란 사람은 누구나 한 번쯤은 서리한 기억이 있을 것이다. 나 또한 짜릿했던 서리의 기억이 또렷하게 생각난다. 철없던 시절의 치기 어린 행동이었기에 더욱 아름답게 각인되었나 보다.

풋내 나던 우리는 어느덧 중년이 되었다. 친구들은 잘 살고 있을 것이다. 풋풋한 추억이 나이를 먹을수록 힘이 된다는 것을 알기 때문이다.

눈

아파트 주변에서 떠돌이 고양이를 보았다. 바람을 피하듯 화단의 철쭉나무에 웅크리고 있었다. 고양이는 아무런 움직임도, 소리도 없이 나를 쳐다봤다. 그런 고양이의 눈이 무섭기보다 왠지 슬퍼 보였다. 떠돌이라 그랬을까? 아니면 순전히 내 착각이었는지도 모른다.

어릴 때 잠깐 새끼 고양이를 키운 적이 있었다. 그 고양이는 내 품에서 아기처럼 울다가 죽어갔다. 수년 전, 어느 늦은 밤이었다. 새끼 고양이 한 마리가 아버지의 품에 안겨 우리 집에 왔다. 어미를 잃은 새끼 고양이는 잠시도 쉬지 않고 울면서 떨었다. 잠을 제대로 자지 못하는 식구들과는 달리 나는 세상모르고 잠을 잤다. 아침이 되어서야 아기 울음소리가 귀에 들렸다. 깜짝 놀라 일어나 보니 아기가 아닌 새끼 고양이가 울고 있었다.

태어난 지 얼마 되지 않은 듯했다. 작은 몸집과 달리 눈은 유달리 컸다. 내가 쳐다보는 것에 겁을 먹었는지 새끼 고양이는 울면서 몸을 움츠렸다. 그러면서도 내 눈을 피하지는 않았다. 떨면서 나를 보는 눈이 슬퍼 보였다. 무슨 말이라도 하고 싶은 듯한 눈이었다.

고양이를 안아보았다. 따뜻했다. 손바닥에 심장 뛰는 소리가 고스란히 담겼다. 꼭 안아주었다. 품에서 울다 잠이 들었다.

새끼 고양이는 언니와 내가 안아주는 것을 좋아했다. 우리에게서 엄마의 품을 느꼈는지 울지 않았다. 시간이 지나면서 우리 집에 적응하게 되었다. 그리고 바깥출입을 시작했다. 고양이의 집을 방에서 마루 옆으로 옮겼다. 밖에서 생활하던 고양이가 밤이 되면 방문 앞에서 울었다. 문을 열어 달라는 신호였다. 그 소리에 열어주면 쏜살같이 달려와 누워있는 내 이불 속으로 들어왔다.

나는 귀엽기도 하고 불쌍한 마음에 재워 주었다. 그렇게 시작된 것이 매일 밤을 당연하게 내 품에서 잤다. 하루는 어머니가 못마땅한 마음에 방문을 열어주지 않았다. 고양이는 첫날처럼 쉬지 않고 아기 울음소리로 울어댔다. 할 수 없이 어머니가 문을 열어주었다. 고양이는 엄마를 찾듯 잠자는 내 품으로 알아서 찾아왔다.

그러던 어느 날이었다. 아침에 눈을 뜨니 고양이가 몸을 몹시 떨며 가는 소리로 앓고 있었다. 나는 놀라 어머니를 불렀다. 아직 어려 쥐를 잡지 못하는 고양이가 뒷집에서 약 먹고 죽은 쥐를 먹고 말았다. 내가 아닌 진짜 어미가 있었다면 그런 일은 없었을 것이다. 고양이에게 미안했다. 엄마 노릇을 하기에는 초등학생인 나는 너무 어렸다.

우리 집에 처음 왔던 날처럼 떠날 때도 밤새 떨면서 힘없이 울었다. 고양이의 울음은 날이 새고도 오후까지 계속되었다. 한번 감은 눈은 다시 뜨지도 못한 채 울기만 했다. 그렇게 얼마 살지 못하고 죽었다. 나는 며칠간 아파 일어나지 못했다.

최근에 어느 책에서 굶주림과 병에 시달리는 아프리카 어린이의 사진을 보게 되었다. 검은 피부에 힘이라고는 없어 보이는 눈빛, 우리에게 무슨 말이라도 할 것 같은 슬픈 눈을 만났다. 책 내용은 전쟁과 질병, 기아에 시달리는 지구촌 어린이의 실태를 말하는 것이었다. 전 세계 어린이의 절반이 굶주림과 질병에 노출돼 있다고 밝혔다. 자식을 키우는 엄마로서 마음 아픈 이야기였다. 사진 속의 아이를 다시 보았다. 왠지 어릴 적, 밤새 울다 지쳐 나를 쳐다보던 새끼 고양이의 눈을 닮았다. 나를 빤히 쳐다보며 애처롭게 울기만 하던 새끼 고양이를 다시 만난 것 같았다. 부모 잃은 어린것은 다 불쌍하다.

화단에 있었던 고양이도 혹여 어미를 잃은 새끼였을까. 갓난아기의 울음소리를 닮은 고양이가 내겐 세상에서 가장 슬픈 짐승이다. 엄마가 되고 나니 더 그런 생각이 든다. 한밤중에 고양이의 울음소리를 들으면 괜히 걱정된다. 누구네 아기가 아파서 우는 것 같아 마음이 편하지 않다. 고양이 소리라는 것을 머리가 알기도 전에 마음이 먼저 움직인다. 자식을 키워보니 내 새끼가 아니라도 어린것의 울음소리는 다 마음이 아프다.

4부

마음에 들어온 것들

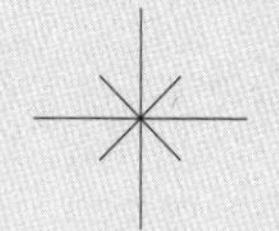

이제라도 길에 있는 뾰족한 말부터 치워야겠다.

마음을 알아주는 소리로 길을 만든다면,

그 길에서 신나게 놀 때 아이는

햇살 앉은 가로수처럼 푸르게 자랄 것이다.

나는 지금 길을 만든다. 마음이 자라는 따스한 소리로.

소리길

두 사람이 서로 마주 보며 앉아 시각장애인 체험을 하는 시간이다. 한 사람이 달팽이 집이 그려진 작은 종이를 펼친다. 그림 맨 안쪽에 펜 잡은 손을 올려놓고 눈감으면 안내자가 길을 알려 준다. 말에 따라 손을 움직여 달팽이 집의 안쪽에서 빙글빙글 돌아 밖으로 나오면 된다. 이때 안내자는 손을 사용하지 않고 오로지 말로만 설명해야 한다. 장애인 역할을 하는 사람은 펜이 움직일 때 달팽이 선을 밟거나 건너뛰어도 안 된다.

재미있을 것 같아 내가 먼저 볼펜을 잡는다. 시작이라는 소리에 맞춰 눈을 감는다. 휙 하고 소리가 귀를 스친다. 앞이 캄캄해지니 소리가 잘 들려 난감하다. 내 안내자의 말만 들려야 하는데 다른 사람들의 소리도 크게 들린다. 여러 팀이 같이 시작하니 소리가 섞여 말이 뭉개진다. 아찔하다.

손도 뻣뻣하게 굳어 움직이질 않는다. 내 심장 뛰는 소리가 폭포수처럼 귀를 때린다. 시간이 조금 지나니 귀가 살려고 발버둥 치듯 잔뜩 힘을 준다. 흩어진 소리를 잡기 위해 토끼 귀처럼 쫑긋해진다.

이제야 안내자의 말이 들린다. 그의 소리가 어둠을 걷어 내는 아침 해처럼 내 마음에 들어온다. 앞이 환해진다. 아이를 낳을 때는 눈을 뜨고 있는데도 앞이 깜깜하더니 지금은 그 반대이다. 손이 움직인다. '오른쪽 앞으로 왼쪽 앞으로 옆으로' 안내자의 부드러운 소리에 박자를 맞추듯 손이 가볍게 걸어간다.

그것도 잠시, 다급한 안내자의 말이 내 손을 멈추게 한다. 급브레이크를 밟은 느낌이다. 보지 못하는 나는 오로지 소리에만 의지할 뿐, 마음대로 할 수 있는 것이 없다. 큰 걸음으로도 걸을 수 없고, 오른쪽 왼쪽으로도 제대로 가지 못한다.

조금만 움직이면 안내자가 멈추라고 한다. 오른쪽으로 가면 아니요, 왼쪽이라고 하고 왼쪽으로 가면 아니요, 오른쪽으로 가라 한다. 손이 움직일 때마다 잘못 간다고 하니 점점 자신감이 없어지면서 심장이 큰 소리를 내며 쿵쾅거린다. 손과 마음이 다시 뻣뻣해진다. 살얼음판을 걷는 기분이다.

눈을 감고 소리에만 의지하니 평상시에 몰랐던 것을 알게 된다. 목소리만 들어도 그 사람의 표정을 보듯 마음을 읽게 된다. 안내자는 답답해서 짜증이 난다는 듯이 한숨을 섞어 말한다. 무거운 그의 말소리가 내 귀에서 끈적거린다. 내 마음도 덩달아 바닥으로 가라앉는다.

손의 움직임은 더 엉망이다. 내 안내자의 목소리만 들리는 것을 보니 다른 팀은 모두 끝난 모양이다. 겨우 도착이라는 말에 눈을 뜬다. 숨을 쉬듯 펜 잡은 손을 편다. 볼펜에 묻은 땀이 끈적거리는 달팽이의 점액 같다.

역할을 바꿔 내가 안내자가 된다. 상냥한 목소리로 부드럽게 설명해 줄 것이다. 아무리 힘들어도 내색하지 않고 친절하게 안내하기로 마음먹는다. 내 다짐은 물거품처럼 맥없이 사라진다. 그는 시작이라는 소리와 함께 빛의 속도로 손을 움직여 달팽이 집에서 나온다. 나는 눈만 한번 깜빡했을 뿐이다.

우리는 서로 말없이 다른 팀이 하는 것을 지켜본다. 한 대 맞은 기분이다. 적당히 말을 듣다가 내가 알아서 빨리 끝냈으면 상대방이 힘들지 않았을 것이다. 그가 얼마나 힘들었으면 자기가 할 때, 내 말은 들을 생각도 하지 않고 달렸을까. 미안한 마음에 그를 제대로 볼 수가 없다. 부모한테 꾸중 듣는 아이처럼 풀이 죽는다.

그런 모습에서 초등학교 1학년인 아들이 보인다. 아이의 수학 공부를 봐줄 때마다 우리는 싸운다. 수학을 국어로 받아들이는 아이가 답답해 나는 목소리에 짜증을 잘 묻힌다. 문제 중에 거스름돈이 얼마인지를 계산하라는 것이 나오면 아이는 계산은 하지 않고 자기는 거스름돈이 남을 일이 없다면서 사고 싶은 것을 줄줄이 말한다. 똑같이 나눠 먹는 문제가 나오면 아들은 나눠 먹고 싶지 않다고 한다.

수학은 문제에 맞게 계산하는 공부라고 하면 아들은 꼭 그렇게 계산해야 하느냐고 따진다. 문제에 집중 못 하고 딴소리하는 아들에게 화를 내면 오히려 아이가 나 때문에 놀랐다고 더 큰소리를 친다. 그때부터 말싸움이 시작되어 아이가 울어야만 끝이 난다. 한바탕 난리 끝에 나는 좋은 엄마도 좋은 선생도 아니라는 자책감에 빠진다.

여덟 살 아들은 세상을 볼 줄 모른다. 눈뜬장님과 같다. 장애인 체험을 통해서 아이의 마음을 안 것이다. 못난 엄마 때문에 얼마나 힘들었을까. 미안한 마음에 귀까지 벌게진다.

모든 것을 내게 맡긴 채 나아가는 아이에게 내 목소리는 길이나 마찬가지다. 내가 만든 길에 따라 아이는 잘 걸을 수도 있고 넘어질 수도 있다. 짜증이 묻은 내 목소리에 아이의 거친 반응은 지극히 당연하다. 싸우면서 공부를 가르친 것은 자갈밭에서 달리기를 시킨 꼴이다. 다칠 수밖에 없다.

이제라도 길에 있는 뾰족한 말부터 치워야겠다. 마음을 알아주는 소리로 길을 만든다면 아이가 좋아할 것이다. 그 길에서 신나게 놀 때 아이는 햇살 앉은 가로수처럼 푸르게 자랄 것이다. 나는 지금 길을 만든다. 마음이 자라는 따스한 소리로.

다락방

어릴 적 나는 여름만 되면 다락에서 살다시피 했다. 아침밥 먹기가 무섭게 다락에 올라가 창문을 열었다. 시원한 바람을 핑계로 기와집을 구경하기 위해서였다. 그 기와지붕에는 드문드문 풀이 자라고 있었다. 지붕에 풀이 자라는 것이 어린 내 눈에는 신기했다. 어떤 바람이 풀씨를 저곳에 데려다주었을까, 궁금했다. 혹여 흙이 없어 시들지는 않을까, 마음도 쓰였다.

이웃 기와집에는 갖가지 꽃이 피어 있는 아름다운 뒤꼍도 있었다. 사람들이 드나드는 앞마당이 아닌 곳에 꽃밭이 있는 그 집이 멋스러워 보였다. 왠지 뒷모습에도 마음 쓰는 여인네를 보는 듯했다. 다락이 없었다면 그곳에 꽃이 있는 줄 몰랐을 것이다. 높은 담에 가려진 꽃은 무엇이 그리 좋은지 화사하게 웃고 있었다. 그중에서도 키 큰 접시꽃이 더 환하게 웃는 것 같았다.

접시꽃은 나처럼 키가 컸다. 주변의 꽃보다 키가 더 커서 눈에 띄는 게, 마치 내 모습을 보는 것 같았다. 나는 초등학생 때부터 키가 큰 편이었다. 그래서 사람들의 시선을 곧잘 받았다. 그럴 때마다 괜히 부끄러워 고개를 들지 못한 채 성큼성큼 걷곤 했다.

그러나 접시꽃은 나와 달랐다. 큰 키를 자랑이라도 하듯 잎과 꽃을 활짝 피우고 마음껏 햇살을 받고 있었다. 줄기도 튼튼하여 온몸을 흔드는 바람에도 움츠러들지 않았다. 참 당당해 보였다. 그런 당당함이 아름다웠다.

그때부터 나도 어깨를 펴고 걸었다. 사람의 크고 작은 키는 얼굴처럼 그 사람을 나타내는 하나의 표시라는 것을 알게 되었다. 지금 생각해 보면 눈에 잘 띄는 키를 가진 것은 감사할 일이다. 사람들과 잘 사귀는 성격은 타고난 것이 아니라 살아오면서 만들어진 것이다. 키 때문에 내게 말을 걸어오는 사람들이 많았다. 그 사람들과 자연스럽게 이야기하다 보니 낯가림이 없는 성격이 되었다.

바깥 구경이 시들해지면 나는 다락방에서 소꿉놀이했다. 그곳에는 철 지난 옷과 구두가 있었다. 나는 그것으로 어른 흉내를 내곤 했다. 하루는 둘째 언니가 아끼던 목이 긴 부츠를 신어 보았다. 멋쟁이 아가씨가 된 양 우쭐거리며 거울 앞에 섰다. 멋있었다. 하루빨리 어른이 되고 싶었다.

다락방은 어린 내가 꿈을 꿀 수 있었던 곳이었다. 무엇을 해도 다 이루어지는 그런 곳이었다. 여름방학이 되면 나는 친구들과 함께 다락에 올라가 공주 놀이를 했다. 보자기를 허리에 둘러 치마처럼 입고 머리에는 너울처럼 써 왕관도 만들었다. 우리는 하나같이 시녀가 없는 공주들이었다. 공주가 되었다는 것만으로도 즐거웠다. 그때라도 공주 노릇을 해 본 것이 다행이다 싶다.

대부분 여자는 결혼하면 공주보다 시녀로 산다. 자식에게 기꺼이 공주의 자리를 내어 주는 것이 어머니의 마음이기에 어쩔 수 없다. 나도 소꿉놀이의 추억을 간직한 채 오늘도 기쁜 마음으로 시녀가 된다. 가끔은 공주 놀이를 했던 다락방이 그리울 때가 있다.

요즘 집은 다락이 없다. 다락은 주방 바닥이 방보다 낮아야만 부엌 위에 지을 수가 있다. 이제는 주택의 주방도 방과 같은 높이라 만들 수 없다. 친정도 수년 전 집수리를 하면서 다락을 없앴다. 아파트 생활을 하는 아이들에게 다락은 상상 속의 공간일 뿐이다.

내 아이들에게 다락을 만들어 주고 싶다. 마음껏 상상하고 재미있게 놀 수 있는 다락방을 말이다. 아늑하면 더 좋겠지. 어떤 곳이 좋을까. 외가, 베란다, 자동차 안, 마땅한 곳이 생각나질 않는다. 아파트에서 다락 만들기란 생각만큼 쉽지 않다.

다락이 생길 때까지 아쉬운 대로 내 등을 내어 주기로 했다. 첫날 열 살 된 아들을 업어 주니 좋아했다. 동생이 생기고 또 다 컸다고 여겨 업어 주질 않았다. 업어 준다는 말에 웃으며 내 등에 배를 붙인 아들이 가벼웠다. 순간 미안한 마음이 들었다. 업혀 세 살배기 동생 흉내를 내는 것에 더 그랬다. 매일 할머니와 내 등을 오가며 업히는 동생이 꽤 부러웠나 보다.

아들의 체온이 등에서 느껴진다. 목을 두른 아이의 팔도 따스하다. 마치 이불로 내 몸을 감싼 듯 포근하다. 아들은 내 목에 있는 점을 만지작거린다. 숨소리가 부드럽다. 나는 그 소리에 리듬을 타며 춤을 추듯 걷는다. 업힌 아이보다 내가 더 행복감을 느끼는 것은 왜일까.

어쩌면 이 시대의 다락방은 따스한 엄마의 품인지도 모른다. 아이들은 어머니의 품에서 놀고 꿈을 꾸며 자라기 때문이다. 어린 내게 다락이라는 공간은 농사일로 바쁜 어머니를 대신하여 포근함을 주었다. 그렇다면, 지금의 내 아이들에게 필요한 것은 공간이 아닌 행복을 느낄 수 있는 엄마의 품일 것이다.

오늘부터 나는 아이들에게 좋은 다락방이 되어 주기로 했다. 등뿐만 아니라 마음과 시간까지, 아이가 원할 때마다 기꺼이 내어 줄 것이다. 아이를 위해 생각하는 것이 깊어지자 마음이 열리고, 마음이 열리니 행복해진다. 그 순간 마음에 다락방 하나가 지어진다. 가슴이 콩닥거린다.

백야

영화 〈백야〉를 보았다. 이십 년이 지나고 보아도 두 남자 주인공의 발레와 탭댄스는 여전히 아름다웠다. 다시 보는 영화라 그런지 예전과 달리 스토리보다는 배경이 되는 시베리아의 백야에 마음이 더 갔다. 백야는 어떤 모습일까. 밤에 뜬 해는 뜨거울까, 노을 같을까. 사람들은 불면증에 걸리지는 않을까. 궁금증이 한꺼번에 쏟아졌다.

백야는 해가 지지 않는 밤이다. 내 주변에는 먼 시베리아에 가지 않아도 백야를 경험하는 이들이 있다. 그들은 밤 열 시가 넘으면 집을 나설 채비를 한다. 보통 사람들은 느긋하게 텔레비전을 보거나 잠을 잘 시간이다. 그러나 그들은 대낮처럼 밝은 그곳으로 간다.

내가 사는 포항은 철강 산업도시이다. 한번 불을 붙이면 공장의 문을 닫기 전에는 끄지 않는다는 포스코의 고로가 있는 곳이다. 고로는 쉬지 않고 쇳물을 만들어 낸다. 밤낮으로 고로에서 쏟아져 나오는 쇳물로 철강 제품을 만들기 때문에 밤에도 일하는 사람들이 있다.

철강 제품을 만드는 공장을 견학한 적이 있다. 천장에 무수한 나트륨 등이 병사처럼 매달려 불을 밝혔다. 그 불빛 아래에서 사람들은 땀을 흘리며 일을 했다. 부지런하게 일하는 것은 사람만이 아니었다.

기계가 시뻘건 철판을 엿가락 늘이듯 길게 늘이고 있었다. 두꺼운 철판이 기계를 통과할 때마다 점점 길어졌다. 마지막 단계에서는 늘어난 철판이 소리를 지르며 달려와 두루마리 화장지처럼 감겼다. 열기를 다 식히지 못한 채 감긴 철판은 가쁜 숨을 몰아쉬는 달리기 선수처럼 보였다.

잠시 구경하는 데도 더워서 힘든데 일하는 사람들은 오죽할까. 잘못하다간 사고도 날 수 있기에 그들의 밤은 치열할 것이다. 그들이 땀 흘리는 밤은 또 다른 백야이다. 그 속에는 남편도 있다.

남편은 결혼하자마자 야간 근무를 했다. 처음 나가던 그날은 추운 겨울이었다. 집에서 통근버스 타는 곳까지 제법 멀었다. 나는 집 앞 골목까지 나가 걸어가는 남편의 뒷모습을 바라보았다. 주머니에 손을 숨긴 채 바람을 피해 걷는 모습이 겨울나무처럼 추워 보였다. 사나운 바람이 남편의 그림자를 차갑게 흔들었다.

일 년의 반 이상이 겨울인 러시아인들에게 백야가 되는 여름은 희망의 계절이다. 여름에는 낮이 길어 사람들이 심리적으로 안정을 찾을 수 있다. 러시아에서는 이월부터 밤이 조금씩 짧아진다. 그러다 하지에는 잠깐 어둠이 깔리는 듯하다, 다시 환해 진다. 가장 어두운 시간이라도 맑은 날엔 야외에서 신문을 읽을 수 있을 정도란다. 긴 겨울을 보낸 러시아인들에게 백야는 신이 선물한 희망이다.

희망이 있는 곳에는 어둠이 존재하지 않는다. 마음에 희망이라는 불을 켠 사람에게 어둠은 없다. 남편은 야간 근무가 힘들지만, 가족이 있어 견딜 수 있다고 했다. 자신의 품에서 커 가는 아이들 모습을 보면 힘이 난다며 웃었다. 그런 남편 덕에 아이들은 건강하게 자랐다. 가족을 위해 땀 흘리는 남편의 사랑이 신이 선물한 백야보다 더 아름답다.

강둑에서 바라본 포스코의 야경은 시선을 끌 만큼 멋지다. 용광로와 굴뚝, 그리고 공장 건물에 매달려 있는 수많은 조명등이 일제히 불을 밝힌다. 마치 어두워야만 모습을 드러내는 별들처럼 빛을 낸다. 그곳이 빛나는 것은 무수한 불빛 때문이 아니라, 희망을 품고 삶을 사랑하는 이들이 만든 따듯한 백야가 있기 때문이다.

불시착

시간이 지날수록 눈은 더 많이 날린다. 세 번의 착륙 시도를 해 보았지만 실패이다. 안내 방송이 나온다. 기상 악화로 장자제 공항에 내리지 못하고 다른 공항으로 간다는 내용이다. 눈이 귀하다는 중국 장자제에 하필이면 내가 온 날 폭설이다. 비행기는 오십 분을 더 날아서 다른 공항에 불시착한다.

기내에 울려 퍼지는 기장의 말은 한결같다. 중국 당국의 지시를 기다리는 중이란다. 활주로에서 기다리는 시간이 길어지니 짜증이 난다. 좁은 비행기 안에서 무작정 기다리고 있으려니 갑갑하다.

기온이 떨어지는 밤이라서 눈은 그칠 생각이 없다는 듯이 신나게 내린다. 얄미운 눈은 비행기의 날개에 작은 언덕을 만든다. 눈이 자기네 땅으로 들어오지 말라고 우리한테 인정사정없이 뿌려대는 것만 같다.

잘못 온 것 같아 한숨이 절로 나온다. 치앙마이를 갈까, 고민하다 장자제로 결정한 것이 후회된다. 죽기 전에 한 번은 가 봐야 한다고 누가 그랬지, 가 보기도 전에 죽을 수도 있는 곳일 줄이야. 눈발이 더 거칠어진다.

세 시간을 꼼짝하지 않고 기다리는 게 내겐 고문이다. 남들보다 다리가 긴 편인 나는 좁은 비행기 의자가 가시방석처럼 불편하다. 사람들이 웅성거린다. 승무원에게 가서 물어봐도 기다려 달라는 대답뿐이다. 우리가 기다리는 것이 무엇일까. 하늘의 눈이 멈추길 기다리는 것인지, 우리가 내려도 좋다는 말인지, 알 수가 없다.

사람들이 속이 타는지 물과 음료수를 끝도 없이 찾는다. 덩달아 승무원들도 바빠진다. 물과 음료수가 줄어든 만큼 화장실 앞에 차례를 기다리는 사람들의 줄이 길어진다. 창문 쪽에 앉은 나는 화장실 가는 게 번거로워서 물을 마시지 않고 생속을 태운다. 눈을 감은 채 꼿꼿하게 앉아 있는 언니를 쳐다본다. 언니는 더운 나라에 가고 싶어 했다. 내가 우겨서 여기에 온 것인데 공항에서 발이 묶이게 되자 미안한 마음에 자꾸 언니 눈치를 보게 된다.

나도 눈을 감고 잠이라도 청해 본다. 다리가 저려 잠이 오지 않는다. 부산에서 장자제 공항까지 비행시간은 세 시간 반이 걸린다. 불시착한 우리는 여덟 시간째 의자에 궁둥이를 붙이고 있다. 불 위에 놓인 오징어처럼 몸이 저절로 뒤틀린다. 긴 다리를 어떻게 할 수가 없어 미칠 것 같다.

참다못해 일어나려고 하는데 기장의 목소리가 들린다. 우리가 가려고 했던 장자제의 기상이 좋아져서 다시 그곳으로 가기로 했다고 한다. 여기서 갇혀 있는 것보다는 나을 것 같아 안도의 숨을 쉬며 마음을 추스른다.

이륙하려면 비행기 날개에 쌓인 눈을 치워야 한다. 날개 위의 눈을 치우는 것도 만만치가 않다. 마음 같아서는 차 몇 대가 동시에 와서 눈을 치우면 될 것 같은데, 중국 사람들은 우리 마음을 헤아릴 줄 모른다. 천하태평이다. 눈 치우는 차 한 대 몰고 와서 시도해 보더니 잘 안 되는지 다시 가 버린다. 비행기 안의 사람들이 또다시 웅성거리면서 혀를 찬다. 어렵게 눈을 치우자 비행기가 움직이려고 큰 소리를 낸다.

그런데 소리가 이상하다. 부드럽지 못하고 거칠고 뻑뻑하다. 마치 비행기가 동상에 걸려 제대로 걷지 못하고 비실거리는 느낌이다. 겁먹은 사람들의 신음이 여기저기서 들려온다. 비행기는 이상한 소리만 낼 뿐 그 자리를 벗어나지 못한다.

불현듯 며칠 전에 지인들과 웃으면서 했던 이야기가 떠오른다. 내가 비행기 사고로 죽으면 보험금이 많이 나와서 남편이 대박 난다고 한 말이 뒤통수를 때린다. 말이 씨가 된다는데, 내 입을 내가 때려 주고 싶다.

침을 삼키며 눈을 질끈 감는다. 여행 가지 말라고 말리던 남편의 얼굴이 생각난다. 비행기가 다시 움직이려고 그러는지 큰 소리를 지른다. 소리는 여전히 거칠다. 비행기에 타고 있으니 긴장해서 몸에 힘이 잔뜩 들어간다. 영화에서 봤던 비행기 폭발 장면이 눈앞에 펼쳐진다. 고개를 흔들며 마음을 가다듬는다. 사람들도 나와 비슷한 생각을 하는지 모두 조용하다.

드디어 비행기가 움직이기 시작한다. 골골거리는 환자처럼 힘겨워 죽겠다는 듯이 움직인다. 비행기는 계속 달리기만 할 뿐 이륙하지를 못한다. 산 넘어 산이라더니, 앞이 캄캄하다. 불안한 마음에 눈을 뜰 수가 없다. 갑자기 굉음을 내던 비행기가 공중에 몸을 띄운다. 나는 신께 기도한다. 부디 무사히 돌아갈 수 있기를.

왼손잡이

"엄마, 이 그림 오려 줘."

아홉 살 된 아들이 작은 로봇 그림을 내민다. 그림을 오려 아들에게 건넸더니,

"이게 뭐야, 선 따라서 오려야지."

타박한다. 또다시 오려도 별 차이가 없다.

"야, 이런 것은 스스로 해야지. 몇 살인데 아직도 엄마를 찾는 거야."

아들의 입을 막기 위해 짐짓 목소리를 높인다.

사실 나는 왼손잡이이다. 그래서 선을 따라서 오리는 가위질은 좀 어설프다. 이건 순전히 가위 탓이다. 내 못난 것을 변명하려는 게 아니다. 왼손잡이가 오른손용 가위를 가지고 선을 따라 자른다는 것은 생각보다 쉽지 않다. 가위 날이 손과 반대 방향으로 되어 있어 어렵다. 왼손용 가위라면 나도 잘 오릴 수 있다.

어릴 적 나는 왼손으로 가위질할 때마다 사람들의 시선이 부담스러웠다. 친구들과 어른들은 가위질하는 나를 보면서 꼭 한마디씩 했다. 어설프다는 둥, 부모님 중에 누가 왼손잡이냐는 둥, 하루

빨리 고쳐야 한다는 둥, 그런 말을 들을 때마다 난 주눅 들었다. 남들 앞에서 가위질하는 게 싫었다.

가위뿐만 아니라 칼도 왼손으로 사용한다. 왼손으로 칼질하는 게 안전하고 편하다. 내 생각과는 달리 오른손을 쓰는 이들은 왼손으로 칼을 사용하는 것에 불안해했다. 그런 사실을 알고 난 뒤부터는 사람들 앞에서 칼을 잡으면 곧잘 긴장한다. 특히 윗사람이 옆에 있으면 긴장감에 가슴부터 뛴다. 눈치 빠른 손도 파르르 떤다. 손놀림이 어설퍼진다. 곧이어 불안해하는 목소리가 들려온다.

"오른손으로 한번 해 봐."

"오른손은 더 못해요."

"그래도 한 번만 해 봐."

하는 수 없이 오른손으로 하는 시늉을 해 본다. 일의 속도가 확 준다. 나는 다시 왼손으로 한다.

"아이고, 내가 할게. 차라리 내가 하는 게 마음 편하겠다."

나도 내가 어설픈 것을 아는데, 보는 사람 눈에는 얼마나 엉성해 보일까. 왼손으로 칼질하는 것을 보면 사람들의 반응은 거의 똑같다. 내가 손가락을 자를까 봐 겁먹는다. 상황이 이렇다 보니 사람들 앞에서 음식 할 일이 거의 없다. 못난 자식이 효자 노릇 한다더니, 왼손잡이라 편할 때도 있다.

그렇다고 하여, 모든 것을 왼손으로 하는 것은 아니다. 본능적으로 힘쓰는 것은 왼손이지만, 처음부터 오른손으로 배운 것은 오른손으로 한다. 그러다 어느 순간 자연스럽게 두 손을 다 사용하게 되었다.

양손을 사용해서 편한 때가 많다. 시간에 쫓겨 빨리 밥을 먹어야 할 때는 두 손을 같이 쓸 수 있다는 것이 큰 위안이 된다. 화장할 때도 양손을 쓴다. 눈썹과 눈을 화장할 때, 오른쪽 화장은 오른손으로 왼쪽 화장은 왼손으로 한다. 그렇다고 동시에 두 손을 사용하는 것은 아니다. 나는 양손을 내 마음대로 사용한다. 남들보다 왼손을 많이 쓴다는 게 나를 나타내는 특징 중 하나이다.

언젠가 TV를 통해 왼손잡이가 오른손잡이보다 사고 날 확률이 더 높다는 것을 알게 되었다. 맞는 말인 것 같다. 대부분의 엘리베이터 버튼은 오른쪽에 있다. 나는 왼손으로 오른쪽에 있는 버튼을 사용할 때가 많다. 자동차 문손잡이도 처음에는 손에 익숙하지 않았다. 그러고 보면 왼손잡이는 크고 작은 어려움을 극복한 사람들이다. 어린아이가 왼손을 쓰는 것을 보면 더욱 마음이 쓰인다. 어릴 적의 나를 보는 것 같아 눈여겨보게 된다.

나와 다르다는 이유로 색안경을 끼고 보는 것은 옳지 못하다. 다르기 때문에 더 소중한 것은 아닐까. 물건도 같은 것은 수집하지 않듯이 사람도 조금씩은 달라야 함께 사는 것이 재미있고 행복하지 않을까. 왼손잡이도 이런데 장애인은 얼마나 힘들까?

얼마 전 길에서 우연히 만난 장애인 할아버지가 생각난다. 지팡이를 짚었지만, 걸음걸이는 느리면서 힘들어 보였다. 할아버지의 표정 또한 굳어 있었다. 내가 웃으면서 인사를 하자, 할아버지는 굳은 표정을 풀고 아주 환한 웃음으로 인사를 받아 주었다. 그때 환하게 웃던 할아버지의 얼굴을 잊을 수가 없다. 어려움을 극복하며 살아가는 장애인들에게 더 큰 박수를 보내고 싶다.

아들이 그림을 오려 보여 준다. 내민 것을 보니, 나보다 낫다. 앞으로 만들어지는 가위는 어느 손으로 사용해도 불편하지 않았으면 좋겠다. 오른손잡이든 왼손잡이든 마음 편하게 사용할 수 있길 바란다.

개미 가족

집 안에 개미가 또 눈에 띄기 시작했다. 온 집 안에 개미 잡는 약을 붙이고 뿌려서 다 없어진 줄 알았는데, 일 년쯤 지나자 다시 나타났다.

개미는 작다. 여간해서 눈에 잘 띄지도 않는다. 그래서 무섭다. 눈에 잘 보이지 않는다고 해서 없는 것이 아니다. 밤이면 개미가 잠자는 아이들의 귓속에라도 들어갈까 걱정이 된다. 그런 생각을 하다 보면 괜히 얼굴이 간질간질해진다.

개미는 떼로 몰려다닌다. 한 마리가 보이면 곧 뒤에 한 무리가 있다는 뜻이다. 그래서 더 골칫거리다. 바퀴벌레처럼 개미 한 마리는 한 마리가 아니다. 어쩌다 과자 부스러기라도 떨어지면 어떻게 알고 왔는지, 그 위에 개미가 소복하다. 개미가 극성을 부릴수록 미워하는 마음도 점점 커져만 갔다.

다시 개미 약을 사다 붙여도 통 효과가 없었다. 안 보이던 사이에 내가 쓰던 약을 연구라도 했는지 끄떡없었다. 벽에 붙인 동글납작한 개미 약은 일순간 허수아비 꼴이 되어 버렸다. 개미는 약을 비웃기라도 하듯 일정한 간격을 유지한 채 교묘히 피해서 갔다. 흐

트러짐 없이 열을 지어 움직이는 모습을 나는 멍하니 지켜보았다. 그렇다면, 나도 연구가 필요하지 않은가. 성공적인 퇴치를 위해 우선 개미를 관찰하기로 마음먹었다.

관찰한답시고 자꾸 쳐다보니 개미도 귀여운 구석이 있었다. 보일 듯 말 듯한 작은 다리로 열심히 기어가는 모습이 대견스럽기까지 했다. 사람들이 왜 곤충을 애완용으로 키우는지 알 것 같았다. 맨 앞의 개미가 가는 대로 줄을 지어 가는 모습이 보기 싫지 않았다.

하얀 벽지 위의 개미들이 마치 종이 위의 까만 글자 같아 보였다. 그 글자는 살아 움직였다. 작고 촘촘한 '개미 글자'는 한 방향으로 부지런히 가고 있었다. 그곳에 있는 것이 당연하다는 듯이 꽤 자연스러운 흐름이었다. 마치 좋은 글을 만났을 때 나도 모르게 마음에 스며드는 문장처럼…. 그 흐름을 한참 보고 있으면 내 아이들이 생각났다. 앞서가는 부모 흉내를 내며 졸졸 따라가는 것 같아 눈을 뗄 수 없었다.

나에게는 아이가 셋이 있다. 한 부모에서 태어나도 아이들의 생김새와 성격은 제각각이다. 아이들의 성격과 버릇은 커 가면서 만들어진다는 것을 알게 되었다. 물론 타고나는 것도 있겠지만, 생활 속에서 부모로부터 배우는 것도 적지 않은 것 같다. 애들의 버릇 중에는 나와 똑같은 버릇이 있다. 마치 졸졸 따라가는 개미들처럼 내 아이들도 그러했다.

어느 날 큰아이와 둘째가 싸우는 소리에 화들짝 놀랐다. 아이들 말투가 영락없는 남편과 내 말투였다. 저희 야단칠 때 하는 우리 부부의 모습 그대로였다. 아차, 싶었다. 그건 순전히 부모 개미 탓이다. 말하는 것을 조심해야 한다. 아이들을 야단칠 때일수록 더 신중해야 할 것 같다. 부모의 역할이 중요하다는 것을 새삼 느꼈다.

셋째를 임신했을 때였다. 둘째가 쌍둥이 동생 갖고 싶다고 하자 딸아이가 화를 내며 말했다.

"아이 한 명 키우는 데 돈이 얼마나 많이 들어가는데, 쌍둥이는 안 돼!"

남편과 나는 그 말에 웃었지만 속으론 찔끔했다. 어찌 저런 소릴 하지 싶었다. 내가 딸아이 앞에서 인색하게 굴었나, 딸아이는 나보다 더 알뜰하다. 내가 장을 본 날은 얼마나 썼는지 물어본다. 좀 많이 썼다 싶으면 돈 아끼라는 소리를 꼭 한다. 살림에 관심을 보이는 아이를 위해 이제부터 돈을 아끼는 것 못지않게 제대로 쓰는 법을 가르쳐야겠다.

그런가 하면 아들은 제 아빠를 속 빼닮은 데가 있다. 남편은 운전할 때 불평을 곧잘 했다. 운전 예절이 없는 차를 보면 참지 못하는 것이다. 그런데 얼마 전부터는 아들도 차만 타면 말이 많아졌다. 남편이 한마디를 하면 아들은 그 말을 받아 두 마디를 하는 식이었다. 아빠가 참아야 한다는 둥, 아빠도 잘못할 때가 있다는 둥 제법 잔소리를 하는 것이었다. 이래저래 차 안은 쉽게 조용해지질 않았다.

그러던 어느 날이었다. 우리 차 옆에 얌체 운전을 하는 사람이 있었다. 남편이 화를 내기도 전에 아들이 먼저 말을 했다.

"아빠는 앞만 보고 운전해, 내가 저 아저씨 째려볼게!"

그 말과 동시에 아들은 눈에 힘을 주어 옆 차를 째려보고 있었다. 그 순간 우리 부부는 당황했다. 남편은 아들에게 아저씨 때문에 화나지 않았다고 말했다. 그래도 아들은 계속 씩씩거리며 아빠는 안전하게 운전하라는 것이었다.

그 일 이후, 남편은 운전할 때 화내는 것을 자제한다. 내가 화내지 말라고 이야기할 땐 듣는 척도 하지 않던 사람이 아들 때문에 달라졌다. 남편은 아들이 자기를 닮아 화를 잘 내는 사람이 될까 봐 걱정이 되었는지도 모른다. 화난 표정을 한 아들의 모습이 남편을 비추고 있는 거울처럼 느껴졌다.

자식은 부모를 비추는 거울이다. 내 곁에서 바로 내 모습을 보여주고 있는 아이들의 말과 행동을 눈여겨보곤 한다. 잘못된 습관이나 버릇이 있다면 고쳐 가며 아이들을 잘 이끌어 가야겠다. 그 많은 가족을 이끌고도 부지런히 제 갈 길을 찾아가는 개미 가족처럼.

견본

우리 가족은 어머니가 있는 서울에 갔다. 동서 부부가 지방 소도시에서 온 우리를 위해 시내 구경할 겸 영화를 보러 가자고 했다. 밤공기는 차가웠지만, 야경이 화려해 눈이 즐거웠다. 겨울답게 거리엔 사람이 없었다. 전구로 불꽃을 피운 가로수만이 바람 앞에서 초롱초롱 빛났다.

건물 안은 젊은 남녀들로 가득했다. 겨울 찬바람도 젊은이들은 어떻게 하지 못하나 보다. 경쾌한 재잘거림이 듣기 좋았다. 극장에도 사람이 많아 영화를 볼 수가 없었다. 그냥 집으로 가기가 뭐해 서점으로 발길을 돌렸다.

입구에서 몇 발짝 떨어진 곳에 유아 코너가 있었다. 어린 막내를 위해 그곳에서 책을 보기로 했다. 아이는 내 생각과는 달리 눈으로만 구경을 했다. 아무 책이나 잡고 사 달라면 어쩌나 걱정했는데, 다행이다 싶었다. 마음을 놓아도 될 것 같아 나도 이것저것 둘러봤다.

다른 곳도 구경하고 싶어 막내의 손을 잡았다. 가기 싫다며 궁둥이를 뒤로 뺐다. 아빠에게 가자는 내 말에 아이는 책을 하나 들며 사 달라고 했다. 아침마다 즐겨 보는 만화 주인공이 책 속에서 방긋 웃고 있었다. 아직 구경할 것이 남았으니 더 살펴보고 나갈 때 사자고 했다. 미리 샀다가 아들 마음이 변해 낭패를 본 적이 여러 번 있었기 때문이다. 아이는 내가 사 줄 것 같지 않자 책을 품에 끌어안으며 울기 시작했다.

주변을 둘러보았다. 나처럼 아이를 데리고 온 사람은 없었다. 젊은이들이 대부분이었다. 순간, 이곳에서 험한 꼴은 보이지 말자는 생각이 들었다. 떼쓰는 아이의 모습이 결혼하지 않은 사람 눈엔 낯설게 보일 것만 같았다. 나도 결혼하기 전에는 길에서 아이를 혼내는 엄마가 이상해 보였기 때문이다. 사람 많은 곳에서 아이를 혼낸다고 그 엄마를 흉본 적도 있었다. 서점 안에 있는 사람들이 예전의 나처럼 생각할 것 같아 책을 사 주기로 했다.

포장된 책을 들고 급하게 계산대로 갔다. 아이를 달래기 위해 계산이 끝나기가 무섭게 포장지를 확 찢었다. 새 책을 자랑스럽게 내밀었다. 아이는 받을 생각을 하지 않았다. 그때서야 알았다. 아이가 갖고 싶은 것이 '견본'이라는 스티커가 붙어 있는 책이라는 것을 말이다.

당황스러웠다. 견본책은 눈으로만 구경하는 것이라고 몇 번을 설명해도 막무가내였다. 여러 사람이 만져 낡고 더럽다고 겁을 줘도 통하지 않았다. 말을 하면 할수록 아이는 더 큰 소리로 울며 견본책이 좋다고 소릴 질렀다. 작은 품에 꼭 숨어 있는 책을 강제로 뺏을까 생각도 했지만, 사람들의 시선이 느껴져 참았다.

올라오는 화를 꾹 누르며 새 책을 보여 주고 견본책과 똑같다고 얘기를 했다. 어이없게도 같은 책이 아니란다. 한 장씩 넘기면서 자세히 보라고 했다. 슬쩍 내려다보더니 다르다고 했다. 불구덩이에 빠진 듯 온몸이 화끈거렸다. 옆에 있던 동서가 거들어도 소용이 없었다. 조용한 서점에서 아이의 울음소리는 비상벨 소리처럼 크게 들렸다. 사람들이 우리 주변으로 모여들기 시작했다.

당황한 나는 그곳을 빨리 벗어나고 싶었다. 아이의 손을 잡고 계산대에 가서 새 책과 견본책을 바꾸고 싶다고 말했다. 새 책에 있는 시디를 빼 달라는 말도 잊지 않았다. 점원이 이상하다는 듯이 쳐다봤다. 나는 새 책값을 주고 헌책을 가지고 가려니 속이 상했다.

혹시나 하는 마음에 할인해 줄 수 있냐고 물었다. 총각 같은 직원이 단칼에 무 자르듯 안 된다고 했다. 대답하는 표정이 팔려고 마음먹지도 않은 견본책 사 가면서 흥정하느냐는 식이었다. 바보가 된 기분이었다. 돌아서서 나오는데 우리 이야기를 하는 점원의 말소리가 목에 걸린 가시처럼 따가웠다.

코끝에 닿는 바람이 매웠다. 춥다고 업힌 아들이 바위처럼 무겁게 느껴졌다. 나이 들어 아이 키우는 것이 힘이 든다. 점점 커지는 똥고집에 맞설 체력이 안 된다. 할머니가 손자에게 잘해 주는 이유를 알 것 같았다. 예쁘기도 하겠지만 그것보다는 아이의 고집 앞에서 꿋꿋이 버틸 힘이 없기 때문이다.

집에 오자마자 아이는 할머니 방에서 견본책을 보면서 노래를 듣고 있었다. 책을 가지고 노는 모습을 보니 견본책을 좋아한 이유를 알 것 같았다. 그 책은 팝업북이었다. 보는 아이가 술래가 되어 구석구석에 숨어 있는 만화 주인공들을 찾는 것이었다. 여러 아이가 만진 견본책이라 새 책과는 달리 입체적이었다. 주인공이 숨어 있는 장소가 눈에 띄어 쉽게 찾을 수 있었다. 그 덕분에 글을 모르는 아들도 책을 보면서 즐거워했다.

아이 키우는 게 만만하지 않아 한숨이 절로 나왔다. 내가 낳은 자식도 마음대로 안 된다고 생각하니 우울해졌다. 동서가 서점에서 책을 사 주는 것이 맞는 것 같다며 나를 위로했다. 동서에게 내 행동이 잘못된 자녀 양육의 견본이 된 것 같아 부끄러웠다. 동서뿐만 아니라, 아이와 나를 지켜본 사람들에게도 나쁜 예의 견본이 된 셈이다.

다섯 살 아들은 오늘도 '뽀로로' 책을 보면서 노래를 듣는다. 가족 모두가 노래를 외울 정도다. 아이는 지겹지도 않은지 노래가 끝나기가 무섭게 또다시 듣는다. 그러곤 책을 본다. 책 표지에 '견본'이라는 노란 글씨가 안내 표지판처럼 선명하게 보인다.

어쩌면 우리의 삶 자체가 견본인지도 모른다. 내일을 준비하는 오늘의 사람에겐 어제가 소중한 견본이다. 나를 위한 견본책 하나 정도는 정말 갖고 싶다.

타임머신

막내가 유치원을 다닐 때였다. 유치원 부모 모임 첫날, 선생님의 이야기가 귀에 들어오지 않았다. 그곳에 온 엄마들이 아주 젊었기 때문이다. 꾸미지 않아도 예쁜 이십 대와 삼십 대 초반의 엄마들이 뿜어내는 싱그러움에 감탄하느라 바빴다.

그날 유치원을 나와 피부과로 달려갔다. 아들이 친구 엄마와 비교하기 전에 점부터 없애야 할 것 같았다. 나이 먹은 티를 내고 싶지 않아 얼굴에 있는 크고 작은 점들을 뺐다. 점 몇 개 없애는 데 왜 그리 비싼지. 카드를 내미는 데 손이 떨렸다. 얼굴이 조금 깨끗해지니 간이 살짝 커졌다. 어린 아들을 위해 나이를 속이기로 마음먹었다. 아이가 초등학교 입학할 때까지는 삼십 대라고 우기기로 했다.

생각과는 달리 거짓말은 오래가지 못했다. 엄마들과 친해지니 자연스럽게 아이 이야기가 나오게 되고, 이런저런 이야기 끝에 첫째가 고등학생이라 했다. 모두 놀랐다. 한 엄마가 심각한 표정으로 몇 살에 결혼했냐고 물었다. 순간, 아차 싶었다. 머리 나쁜 게 죄다. 그새 나이 속인 것을 잊어버렸다. 스무 살에 아기 낳았냐고 다시 물었다. 하는 수 없이 진짜 내 나이를 말해 주었다.

집에 와서 남편에게 말했더니 철없을 때 애부터 낳았다고 말하란다. 내 체면은 생각도 하지 않는 말투다. 앞으로 두 해는 더 나이를 먹지 않아야 하는데, 큰애 나이는 어떻게 하나. 똑똑지 못한 머리로 나이 관리하자니 걱정부터 앞선다.

그 후로 엄마들이 나를 언니라고 부른다. 졸지에 성이 다른 동생 여럿을 두게 되었다. 만나면 깍듯이 언니 대접해 준다. 자리에 한번 앉으면 일어날 일이 없다. 가만히 앉아서 커피까지 받아 마신다. 착한 동생들 때문에 계산은 내 몫이 되었다. 그렇다고 해서 모든 모임에서 언니 대접을 받는 것은 아니다.

고등학생이 된 첫째 아이의 학부모 모임에 가면 내가 제일 어리다. 어떤 사람은 나보다 열다섯 살이나 많다. 당연히 식사 후의 커피 심부름은 내 일이다. 눈치껏 알아서 해야지, 때를 놓치면 오십 넘은 언니가 가져다주는 커피를 마셔야 한다.

나는 집 안팎에서 극과 극을 내달린다. 친정에서는 육 남매의 막내인데 시댁에서는 맏며느리인 것처럼, 모임에서도 막내와 큰언니 사이를 오간다. 처음에는 어색해서 모임에 나가는 것을 망설였다. 그것도 잠시, 적응되니 아주 재미있다. 마치 타임머신을 타는 기분이다.

타임머신이 나오는 영화가 있다. 나도 그 영화처럼 시간 여행을 자유롭게 떠나고 싶다고 생각한 적이 있다. 미래가 궁금하기도 하고 오늘이 불만스러우면 과거로 돌아가 좋아지게 바꿔 놓고 싶기도 했다. 타임머신만 있다면 지금 이렇게 살지 않을 것만 같고, 멋지고 풍요롭게 살 수 있을 것만 같았다.

그러나 막상 내 미래를 본다면 좋을 것 같지는 않다. 혹시나 했는데 역시나 될까 겁나고, 혹여 기대한 것보다 더 좋아도 문제다. 하루빨리 미래가 오길 바라는 마음으로 오늘을 살 것만 같다. 그렇다고 해서 과거로 간다고 해도 나아진다고 할 수 없다. 게으르고 결단력 부족한 나에겐 같은 상황이 여러 번 주어져도 똑같은 생각과 행동을 할 것만 같다. 이런 나를 위해 특별한 맞춤식 타임머신이 만들어졌으면 좋겠다.

생각만 달리하면 우리 주변에는 타임머신이 많이 있다. 가끔은 내가 누군가의 타임머신이 되기도 한다. 나를 언니라고 부르는 동생들과의 만남에서는 내가 그 사람들의 미래가 되어 주기도 한다. 그들을 위해 도움이 되는 말을 아끼지 않고 해 줄 때가 있다. 또 그 사람들의 모습을 보면서 지난날의 나를 만날 때가 있었다. 반대로 선배와의 만남에서는 미래의 내 모습을 보았다. 고민에 귀 기울여 준 고마운 타임머신 덕분에 힘이 나기도 했다.

아이들의 학년이 올라갈수록 만나는 사람이 많아졌다. 누구를 만난다는 것은 나를 바꿀 수 있는 희망의 타임머신을 타는 순간이다.

어린 왕자의 엄마

책 한 권이 사람의 생각을 바꿀 수 있다. 『어린 왕자』를 읽고 나서는 내 아이가 주인공처럼 자라길 원했다. 어른의 눈에는 엉뚱하고 모자란 듯해 보이지만 나는 어린 왕자 같은 아이가 좋았다.

내 아이들은 숫자를 싫어했다. 시험을 치면 수학 점수가 엉망이었다. 큰아들은 어릴 때부터 과외를 시키며 공들였지만, 소용이 없었다. 막내는 큰아들보다 더 숫자를 싫어했다. 그러다 보니 수학 때문에 두 아들만 보면 짜증이 났다. 그때까지도 나는 내 아들을 잘 몰랐다.

남다른 감수성을 가진 큰아들은 네 살 때부터 죽음에 관심을 가졌다. 사람은 왜 죽는지, 죽음 다음에는 어떤 삶이 있는지를 내게 묻는 바람에 당황스러웠다. 성당 신부님의 도움을 받았다. 그 후 아들은 길을 가다, 텔레비전을 보다가 울곤 했다. 불쌍한 사람이 많다는 이유였다. 그러고는 그들이 고통 없는 천국에 갈 수 있도록 죽음을 달라는 기도를 하는 바람에 주위를 놀라게 했다.

그림을 좋아하는 아들에게 숫자는 외계어였다. 사춘기가 되자 말수가 줄고 혼자 방에서 그림을 그리며 뭔가를 만들곤 했다. 그림은 아이의 감정언어였다. 어쩌다 하는 말은 그림 이야기뿐이었고 그때만 웃었다. 연필로 선 몇 개를 긋는가 하면 만화처럼 이야기를 만들었다. 나는 그림을 그릴 때는 잔소리를 하지 않았지만 무엇을 만들 때는 참았던 잔소리를 퍼부었다.

개미가 앉으면 딱 맞을 정도로 아주 작은 책상과 의자를 만들었다. 그것도 샤프심 여러 개를 붙이고 붙여서 만들어 놓은 것이다. 그 외에도 나무젓가락, 이쑤시개를 깎아서 이것저것을 만들어 놓았다. 쓸데없는 짓을 한다고, 그것 만들 시간에 수학 공부하라고 야단쳤다. 내가 야단을 치면 칠수록 수학은 엉망이 되었다.

고등학생이 되자 과외를 시키는 수학만 점수가 바닥이었다. 결국, 자신이 원하는 것을 시킬 수밖에 없었다. 패션디자이너가 꿈인 아들을 위해 미술학원에 등록시켜 주었다. 한 시간짜리 수학 공부할 때보다 더 집중해서 세 시간씩이나 그림을 그렸다. 매일같이 그렇게 그림을 그리는 아들을 보니 내가 정말 아들을 몰랐다는 것을 새삼 깨달았다.

만들기를 좋아하는 아들한테서 잠옷 바지와 치마를 선물 받았다. 집에서 할머니한테 배운 솜씨로 내 옷을 직접 만들어 준 것이다. 재봉틀 앞에 앉아 있는 모습이 어색해 보였지만 아들이 하고 싶은 일이라니 지켜보기로 했다. 큰아들이 눈에 들어올 때쯤, 다시 『어린 왕자』를 읽었다.

어린 왕자에게서 두 아들의 모습이 보였다. 숫자 싫어하는 것은 기본이고 엉뚱한 소리를, 아니 내가 듣기에는 딴 세상 이야기를 하는 것이 똑같다. 어린 왕자처럼 어디 다른 별에서 온 것처럼 현실감이 없는 아들이다.

막내아들이 하고 싶다는 것도 꼭 자기 같은 것을 얘기한다. 꽃미남 그룹의 가수가 될 거라며 머리 염색을 한 것은 물론, 노래와 춤 연습을 집에서 동영상 보면서 하는 중이다. 가족 앞에서 노래와 춤을 보여 줄 때는 귀엽다고만 생각했는데 시간이 갈수록 걱정이다. 자식 이기는 부모 없다는 걸 나는 안다. 한 번도 제대로 이겨 본 적도 없다. 이기려고 할수록 서로가 상처받는다는 것을 알기에 재롱 피우는 막내를 보면서 마냥 웃을 수가 없다.

내 아이들이 하나같이 어린 왕자를 닮아 있다는 것은 어쩌면 어릴 적 내가 바라던 소망 때문인 것 같다. 마음에 각인된 소망이 아이들을 어린 왕자처럼 키우도록 나를 이끈 것인지도 모른다. 아이는 부모의 영향을 받으면서 자라지 않는가. 내 바람대로 아이들은 크고 있었다. 다만 내가 그 소망을 기억하지 못해서 아이들을 힘들게 만들었다.

이제라도 막내는 정말 어린 왕자로 키울까 한다. 어른보다 아이를, 특히 친구를 무척 좋아해서 나를 섭섭하게 하는 막내를 위해 성당 주일학교에 열심히 보내는 중이다. 장미 한 송이가 유일한 친구인 어린 왕자보다는 아들에게 친구가 많길 바란다.

여러 별의 주인을 통해 세상을 배우는 어린 왕자처럼 아들이 나를 보며 세상을 알아 가면 좋겠다. 그러기 위해서는 아들을 위해 내가 변해야 한다. 어린 왕자의 이야기를 들어 주는 조종사처럼 나도 이야기를 들어 주는 엄마가 되어야겠다. 딴 별에서 온 것 같은 막내를 지구밖에 모르는 엄마가 잘 키울 수 있을는지….

그래도 다행인 것은 남편이 어린 왕자가 아니라는 것이다. 그때 내가 처음 『어린 왕자』를 읽고 주인공 같은 사람과 결혼하고 싶다고 했다면, 상상만으로도 무섭다. 남편이 아니라 아이가 어린 왕자라서 웃을 수 있다. 경제 개념이 확실한 남편의 유전자가 들어 있는 아이들이라 나름 지구에서 살아가는 방법을 터득할 거라고 믿어 본다.

누구나 책을 만난다. 그 만남에서 나를 볼 때가 있다. 잊고 있었던 나를 만나는 순간, 나는 조금 더 성장하게 된다. 내가 어린 왕자의 엄마라는 것을 인정할 수 있다.

내 인생의 여름

며칠 전 딸아이의 도덕 교과서에서 이런 구절을 보았다. '우리의 삶에도 봄, 여름, 가을, 겨울이 있으니 인생과 계절을 연관 지어 생각해 보자.' 나도 이런 것을 배웠던가. 중학교 일 학년이 인생에도 사계절이 있다는 내용을 배운다는 것이 놀라웠다.

사람의 한평생을 사계절로 나눌 수 있다면 내 인생의 봄은 언제였을까. 결혼 그 무렵까지가 봄이었으리라. 새순 같은 아기에서 시작한 봄은 벚꽃처럼 화사했던 이십 대가 절정이라고 말할 수 있다. 누구나 이십 대는 그러했을 것이다. 그때의 나는 밝은 내일에 대한 꿈으로 가득했다.

그 꿈 가운데 하나였던 결혼은 내 인생의 계절을 바꿔 놓았다. 봄에서 여름으로 가는 계절풍인 듯 꽃잎을 날리며 여름을 향해 손짓했다. 꽃이 진 자리에 열매를 품은 여름 나무처럼 나는 결혼하자마자 아이를 가졌다.

여름 나무는 아이를 키우는 어머니 같다. 뜨거운 태양 아래에서 무수한 잎으로 어린 열매를 보듬어 준다. 바람이 불 때면 나무는 열매를 매단 채 가지를 흔든다. 낮잠 자는 아이의 요람을 흔드는 것처럼 말이다. 또한, 밤이면 잎사귀들이 바람결에 고운 소리를 낸다. 어머니가 아이의 등을 토닥이며 자장가를 불러 주듯 그 소리가 부드럽다. 나도 여름 나무처럼 아이를 키우고 있다.

결혼 생활 십 년이 넘어 셋째를 임신했다. 때늦게 맺히는 열매가 있는 것처럼 내게 셋째가 그랬다. 그 아이는 첫째와 열한 살이라는 적지 않은 터울이 났다.

어느 날 친정어머니가 오셔서 내 나이를 물었다. 그때 나는 서른여섯이었다. 어머니는,

"개안타, 걱정 말고 낳아라, 나도 딱 니 나이 때, 니 낳아 가꼬, 너거 얼라들 크는 거 본데이."

어머니의 그 말이 내겐 큰 힘이 되었다.

살다 보면 내가 했던 걱정에 비해 일이 너무 싱겁게 끝날 때가 종종 있다. 내가 셋째를 두고 했던 걱정도 그랬다. 자식만큼은 내 의지대로 되지 않나 보다. 내게 주어지는 대로 그냥 받아들이는 것이 순리인 것 같다.

나는 셋째를 키우면서 자식이 가장 귀한 선물이라는 것을 새삼 알게 되었다. 첫째와 둘째를 키울 때는 어설플 때라 어떻게 키웠는지 생각이 나지 않는다. 그만큼 마음에 여유가 없었다. 결혼하면 누구나 당연히 아이를 낳는 것이려니 했다. 그런데 셋째 때는 달랐다. 둘째 낳고 칠 년이 지난 후 다시 아기를 낳으려니 내가 특별한

사람처럼 느껴졌다. 아이에 대한 강한 책임감과 부모가 된다는 것이 얼마나 중요한지를 그때 많이 생각하게 되었다.

아이의 웃는 모습은 나를 기쁘게 한다. 푸른 나무에 내려앉은 햇살처럼 마음이 화사하다. 어느 순간 나도 아이처럼 웃게 된다. 셋째까지 합세한 요즘, 집안에 웃음이 끊이지 않는다.

여름이라고 어떻게 맑은 날만 있으랴. 더위가 이어지면 비가 내리는 것처럼 아이들 때문에 마음이 상할 때가 있다. 그럴 때면 여름 소나기를 만난 듯 당황한다. 하지만 때로는 소나기도 필요하다. 후두두 굵은 빗방울 지나간 뒤 더욱 싱그러워지는 나무같이 나도 그럴 것이다.

아이 셋을 키우는 지금이 내 인생의 한여름이다. 뜨거운 여름은 오래갈 것 같다. 어린 열매를 위해 꿋꿋이 더위를 견디는 나무처럼 셋째를 키우는 동안은 나도 잘 버텨야 한다. 여름과 함께 녹음이 짙어지듯 나도 차츰 성숙해질 것만 같아 힘이 난다.

이왕이면 내가 키우는 열매가 과일이면 좋겠다. 달콤한 향 덕분에 기분이 좋아지는 그런 과일이 되었으면 더 바랄 게 없겠다. 그렇게 되기 위해서는 우선 내가 튼튼한 나무가 되어야 할 것이다. 사과나무에 사과 열리듯 내가 살아가는 모습대로 아이들도 따라올 것 같다.

지금 내 등에 업힌 아들이 울고 있다. 마치 한여름 나무에 붙어 울어 대는 매미 같다. 매미 울음소리에 초록이 깊어 가는 것처럼 내 인생의 여름은 세 아이와 함께 깊어만 간다.

익어 간다는 것은

단내가 난다. 맛있게 잘 익은 과일이 붉게 웃는다. 나도 따라 양쪽 입꼬리를 올리며 숨을 들이마신다. 기분이 좋다. 정말 잘 익은 과일이다. 익었다는 표현은 겉뿐만 아니라 속까지도 영글었다는 것이다.

사람 중에도 과일의 단내를 풍기는 이가 있다. 만나면 즐겁고 이야기를 나누어 보면 배울 것이 많은 사람에게서 그런 좋은 냄새가 난다. 그 향은 오래 기억되어 가끔 만나도 어색함이 없이 반갑다. 어쩌면 사람에게서 나는 것은 지혜의 향기인지도 모른다. 지혜는 사람을 행복하게 해 준다는 말이 있다. 지식이 많은 이는 어렵지만, 지혜로운 사람을 만나면 편하고 기분이 좋아지는 것을 보면 내겐 맞는 말인 것 같다.

지혜와 지식 앞에서 나는 내 멋대로 자석이 된다. 지혜를 만나면 마음이 끌려가고 지식은 머리로 밀어낸다. 내가 많이 배워서 밀어내는 게 아니다. 둔한 머리로 받아들이기가 힘들어서다.

얼마 전부터 영어를 배우기 시작했다. 시작하자마자 후회했다. 학원에서 어렵게 외운 단어가 집에 도착하니 하나도 생각나지 않았다. 열심히 해 보겠다는 마음으로 밥도 먹지 않고 외웠다. 웬걸, 자고 일어나니 단어가 하늘로 올라갔는지 내 머리에는 하나도 없었다.

나만 이런 줄 알았는데, 다른 이도 마찬가지였다. 선생님이 영어 받아쓰기 시험을 친다고 하니 그날은 전원 결석이었다. 그 이후로 선생님도 우리의 머리를 알고 시험을 보지 않는다. 나이를 먹을수록 새로운 것을 배우는 게 쉽지 않다. 지식을 마음껏 끌어당기는 학생이 그저 부럽기만 하다.

지식은 그나마 배우기라도 할 수 있지만, 지혜는 배운다고 가지는 것이 아니다. 스스로 깨닫고 삶 속에서 행해야만 가질 수 있다. 깨달음은 생각이 깊어져야 만날 수 있다고 한다. 얕은 생각으로 찰방거리는 나는 만나기 어려운 듯하다. 운이 좋아 깨달았다고 해도 몸에 배어 있지 않으면 지혜를 가졌다고 하기에는 무리가 있다. 지혜는 마치 뒷모습 같아 타인이 먼저 알아보기 때문이다.

과일이 익기 위해서 시간이 필요하듯 사람도 지혜를 얻기 위해서는 시간이 필요한 것 같다. 과일이 뜨거운 태양과 차가운 바람을 견디어야 하듯 우리에겐 자기와의 싸움에서 이길 시간이 있어야 한다. 자기와의 싸움이라는 것이 알고 보면 근심덩어리다.

근심을 만나고 싶은 사람은 없을 것이다. 혹여 만날까 두렵다. 걱정 없이 살고 싶어 하는 것이 본능이다. 그 본능을 깨야 한다니난감하다. 아무런 수고 없이 잘 익은 과일만 탐내는 꼴이다. 그런 내가 철부지 아이 같다. 그래서 어른들이 자식을 키워 봐야 철든다고 하나 보다.

자식을 키우다 보면 마음이 근심 밭이 될 때가 잦다. 키우는 것이 자식인지 걱정인지 헷갈릴 때도 있다. 아이가 어릴 때는 아플까 봐 마음 졸이고, 학교에 다니면 공부 때문에 근심이다. 아이가 크면 클수록 걱정도 같이 자란다. 나는 아이가 셋이다 보니 이젠 마음이 밭이 아니라 숲이다. 나와의 싸움에서 이겨 보지 못하고 시간만 흘려보낸 꼴이다. 철들자 늙는다는 말이 생각난다.

책『어린 왕자』에 바오바브나무 이야기가 있다. 너무 잘 자라서 별을 위험하게 하는 나무란다. 어릴 땐 장미와 구분이 되지 않아 없애면 안 되고, 어느 정도 자라 바오바브나무인지 알 때 뽑아야 한다고 했다. 걱정이 바오바브나무 같다. 어느 정도 자라도록 한다는 것은 자기와의 싸우는 시간일 것이다. 때가 되면 걱정도 멈추어야지, 자꾸 하면 습관이 된다.

맛있는 음식을 만들기 위해서는 불 조절을 잘해야 한다. 사람도 마찬가지인 것 같다. 마흔 중반에 온 나는 갱년기 때문에 열이 오를 때가 있다. 화도 첫술에 버럭 내게 된다. 지금의 나는 이 불을 잘 관리해야 한다. 고비가 기회라는 말이 있다. 사십 대는 경험을 통해 나를 다스리는 법을 배우는 나이인 것 같다.

나를 다스린다는 것은 우주의 별 하나를 지배하는 것과 같다. 지혜는 자기의 별을 가져야만 받는 왕관인가 보다. 나이를 먹는다는 게 슬픈 것이 아니다. 내 별의 왕이 될 기회를 가지는 것이다. 왕이 될 때를 생각해서 지금부터라도 별에 과일나무를 심어야겠다. 어쩌면 이미 자라고 있는 게 아닐까. 이런 생각을 하는 것을 보면 자라고 있는 것 같다. 생각만으로도 얼굴이 붉어지고 가슴이 설렌다.

나이를 먹어서 좋다. 나이가 든다는 건 늙는 게 아니라 익어 간다는 거다. 과일처럼 잘 익고 싶다.